CB011479

Tradução

CARLOS SZLAK

Diretor editorial **PEDRO ALMEIDA**
Preparação **TUCA FARIA**
Revisão **GABRIELA DE AVILA**
Capa e diagramação **OSMANE GARCIA FILHO**
Imagem de capa © **FXQUADRO | SHUTTERSTOCK**

Dados Internacionais de Catalogação na Publicação (CIP)
(Câmara Brasileira do Livro, SP, Brasil)

Day, Sylvia
Marca de guerra/ Sylvia Day ; tradução Carlos Szlak.
— Barueri, SP . Faro Editorial, 2016. — (Série marked)

Título original: Eve of warfare
ISBN 978-85-62409-95-0

1. Ficção norte-americana I. Título. II. Série.

17-03086 CDD-813

Índice para catálogo sistemático:
1. Ficção : Literatura norte-americana 813

1ª edição brasileira: 2017
Direitos de edição em língua portuguesa, para o Brasil, adquiridos por FARO EDITORIAL

Alameda Madeira, 162 – Sala 1702
Alphaville – Barueri – SP – Brasil
CEP: 06454-010 – Tel.: +55 11 4196-6699
www.faroeditorial.com.br

"Com guerra e exílio os castigaste."

– Isaías 27:8

1

— O SENHOR QUER QUE EU TRABALHE COMO BABÁ de um *cupido*? — Evangeline Hollis tamborilava os dedos nos braços da cadeira. — Não pode estar falando sério.

— Não foi o que eu disse, senhorita Hollis. — A resposta de Raguel Gadara continha a ressonância única e irresistível dos arcanjos.

Em seu amplo escritório, ele estava sentado atrás de sua mesa de mogno com entalhes elaborados. Sua postura era relaxada, mas não enganou Eva nem por um segundo. Gadara a observava como um falcão, mesmo com as pálpebras baixadas.

Diante de Gadara, em uma das duas cadeiras de couro marrom, Eva arqueou as sobrancelhas denotando surpresa. O fogo eterno crepitando na lareira à sua esquerda e um quadro da Última Ceia acima do consolo da lareira eram lembranças tangíveis de que sua antiga visão agnóstica do mundo ficara definitivamente para trás.

Às suas costas, o mundo secular expunha-se, magnífico, através da fileira de janelas com vista para a Harbor Boulevard. A Torre de Gadara se situava alguns quarteirões ao sul da Disneylândia e do Califórnia Adventure, próxima do limite do zoneamento urbano que assegurava que nenhum arranha-céu fosse visível de dentro dos parques de diversão.

— Eu não disse *cupido*, mas *querubim*. — Quando Raguel se reclinou no assento, o diamante preso em sua orelha direita refletiu a luz. — Recebemos um relatório de atividade suspeita em San Diego. Zafiel foi enviado para averiguar a situação e precisa de escolta.

Eva entrou em estado de atenção. O trabalho de Raguel na Terra era cuidar da infestação de Demoníacos na América do Norte. Por que um querubim intercederia? E por que Raguel não sentia uma perturbação maior por causa disso? Todos os arcanjos eram bastante ambiciosos. Não fazia sentido que ele concedesse poder a quem quer que fosse, mesmo a um anjo de nível hierárquico superior.

— Acho que o fato de eu escoltá-lo, em vez de o senhor lhe dar um contingente completo de seus guardas pessoais, transmite uma mensagem de que está irritado. Porém, quanto ao impacto, é mais um miado do que um rugido.

— Não estou transmitindo nenhuma mensagem — Raguel afirmou, procurando parecer inocente, o que era impossível.

— Certo — Eva disse.

A diplomacia e a capacidade de representar eram utilizadas tão frequentemente no subterrâneo celestial quanto no mundo secular. O querubim integrava o topo da hierarquia angelical, compartilhando a primeira esfera com o serafim e o trono. Expor um Celestial de nível tão alto ao mau carma de um demônio era absurdo — portanto, teria de haver um motivo realmente inteligente por trás disso tudo.

— Eu determinei que fosse você. — A voz masculina tonitruante soou perigosamente suave.

Evangeline virou a cabeça. Sabia muito bem que a figurinha infantil que tinha em mente não podia corresponder àquela entonação madura, mas ainda assim era incapaz de se livrar da imagem de um bebê rechonchudo com asas minúsculas e uma grande fralda.

Ao vislumbrá-lo, porém, Eva piscou. *Puta merda!*

O querubim era imponente. Musculoso e belíssimo, com olhos do mesmo tom azulado do centro de uma chama e cabelos dourados que ultrapassavam os ombros. Realmente, ele era um deslumbre!

Havia apenas um motivo pelo qual anjos e demônios se empenhavam para chegar a ela: irritar Caim e Abel, os dois homens de sua atrapalhada vida amorosa. Na atualidade, eles eram conhecidos pelos nomes de Alec Caim e Reed Abel, mas, apesar disso, continuavam sendo os irmãos infames da lenda bíblica.

— Não é uma boa ideia — Eva garantiu, olhando para Gadara.

O arcanjo sorriu. O brilho dos dentes cor de pérola, em contraste com a pele escura, revelou a Eva que Gadara tinha segundas intenções em relação ao acordo.

— Confio plenamente em você — ele sussurrou.

Caramba. Não muito tempo atrás, em sua vida de outrora, trabalhar para as Empresas Gadara teria sido o emprego dos sonhos de Eva. Raguel Gadara era um magnata do setor imobiliário, rivalizando com Donald Trump e Steve Wynn, cujos empreendimentos demandavam uma *designer* de interiores da qualidade de Eva. Na realidade, porém, o sonho se transformou em pesadelo. Seus anos de estudo e experiência em *design* de interiores foram relegados à atividade paralela de seu trabalho "real": caçadora de demônios.

— Está na hora de irmos, Evangeline. — Zafiel indicou com altivez a direção do elevador privativo que os levaria ao saguão do edifício.

O uso deliberado de seu nome inteiro reforçou a suspeita de que ela estava, de novo, sendo usada como peão num jogo maior — que Eva não se sentia nem um pouco confortável. E isso era algo que o querubim logo descobriria.

Eva ficou de pé. Em sua antiga vida, estaria ostentando sapatos de salto alto Jimmy Choo e uma saia reta justa. Como Marcada — uma entre os milhares de pecadoras amaldiçoadas com a Marca de Caim —, ela agora usava botas reforçadas e jeans rasgado. Seus cabelos pretos abundantes e lisos, que herdara da mãe japonesa, estavam penteados para trás num rabo de cavalo. Era preciso que ela permanecesse com o traje de trabalho o tempo todo, pois os Marcados nunca sabiam quando seriam convocados para caçar um demônio velhaco.

Eva se aproximou de Zafiel, esperando que o querubim os teletransportasse, mas ele apenas sorriu com presunção.

— Você vai me conduzir — Zafiel disse.

— Tudo bem... — Eva se dirigiu ao elevador e pressionou o botão de chamada.

Em questão de minutos, Eva e Zafiel se acomodavam no Chrysler 300 vermelho dela. Eva olhou de relance para ele em busca de instruções. O querubim disse-lhe que pegasse o rumo de Anaheim Hills e, enquanto falava, um par de óculos escuros surgiu em seu rosto. Eva perguntou-se se Zafiel a estaria provocando, fazendo-a dirigir até seu destino.

O carro deixou para trás as sombras do estacionamento subterrâneo, iluminado pelo sol brilhante do sul da Califórnia. Então, ela apanhou seus óculos escuros Oakley no console central e os colocou.

— Por que você não está com Caim? — Zafiel quis saber.

— Ele está ocupado e eu estou trabalhando como sua babá.

Zafiel deu um sorriso de lábios contraídos.

— Não me refiro a este exato momento. Você é apaixonada por ele, mas está evitando se envolver romanticamente.

Eva não se esforçou em negar seus sentimentos. Teria sido inútil, considerando o quão fundamental era seu relacionamento prévio com Alec para a situação existente do sistema de Marcados.

— É muito complicado e não é da sua conta.

Caim era o Marcado original e o mais poderoso de todos. Ele agia fora da hierarquia do sistema de Marcados como caçador autônomo e recebia ordens diretas do Todo-Poderoso. Era figura polarizadora e reverenciada pelos outros Marcados; um ideal sublime e invencível, que cada um dos arcanjos ansiava por explorar para seu próprio avanço. A ligação de Eva com as Empresas Gadara trouxe Caim como bônus e ele deu ao arcanjo uma grande vantagem em relação aos demais líderes das empresas.

— Posso favorecer sua causa — o querubim comentou. — A promoção de Caim a arcanjo era para ser apenas temporária.

— Não se atreva a tirar essa promoção dele e não ponha a culpa em mim. — Eva agarrou com mais força o volante. — Alec está exatamente onde quer estar.

— Sem você? Os arcanjos estão impedidos de sentir amor romântico.

— Tenho certeza de que há um motivo para isso. — Eva fez um esforço concentrado para relaxar.

Zafiel a estava provocando, pois sabia muito bem que ela terminara o caso com Alec porque ele não era mais capaz de amá-la como antes. Alec admirava Eva, desejava-a com ardor e se determinara a permanecer fiel a ela, mas o amor por ela, que não conseguia corresponder, pesava muito para ambos.

— A taxa de mortalidade de quem caça demônios é bem alta. Não reparou?

— Esse não é o motivo pelo qual você resiste à atração, Evangeline. Talvez a afeição de Abel seja suficiente para consolá-la.

Eva pisou no freio. O motorista do carro que vinha atrás meteu a mão na buzina e desviou do Chrysler 300 cantando os pneus.

— *Não deixe que ele te perturbe* — Reed Abel advertiu, com sua mensagem transmitida telepaticamente pela conexão existente entre os mal'akhs, anjos comuns que distribuíam suas missões de caça de demônios, e os Marcados.

Como o sistema judicial norte-americano, existiam os fiadores (arcanjos), os despachantes (mal'akhs, como Reed) e os caçadores de recompensas (Marcados e Marcadas, como Eva). Geralmente, esse era um sistema bem azeitado. O azar de Eva foi que suas confusões românticas com Caim e Abel a tornaram uma engrenagem engripada, o que prejudicava o bom funcionamento do sistema.

— *É fácil falar...* — Eva respondeu.

— *Zafiel sempre foi um babaca.* — Apesar do assunto, a voz aveludada de Reed era uma delícia de se ouvir.

O relacionamento de Eva com o irmão de Alec Caim — que não era exatamente um relacionamento — era uma das inúmeras complexidades de sua vida. Alec surgiu em sua vida montado numa Harley Davidson quando ela estava com quase dezoito anos. Quando ele a deixou, havia tirado sua virgindade e partido seu coração. Dez anos depois, Eva ainda comparava os outros homens com ele. Foi quando Reed entrou em sua vida e a destacou com a Marca de Caim — e assim teve início um triângulo amoroso que Eva achara outrora que seria impossível para ela. Como podia sentir algo tão intenso por Reed quando tinha certeza absoluta de que Alec era o amor da sua vida?

— Prefiro que você não se machuque sem necessidade — Zafiel afirmou, tranquilo.

Movendo-se em seu assento para encará-lo, Eva respondeu com igual tranquilidade:

— Qual é o seu problema?

— Não tenho nenhum problema.

— Sou uma unidade isolada. Entendeu? Não que você precise saber, mas perguntar de Caim e Abel é inútil. Eles têm vidas pessoais...

— E você não tem nenhuma.

— Vamos parar de falar sobre isso. Agora! — Eva exclamou.

Alec era seu mentor, seu amigo, e uma das poucas pessoas em sua existência de Marcada em quem Eva confiava e que desejava o melhor para ela. Ele era parte diária e integral de sua vida. Os dois compartilhavam o mesmo tipo de conexão mental que ela desfrutava com Reed. Por meio dessa ligação, Eva sentia a barreira no interior de Alec, que bloqueava o amor dele por ela. Esse era o pior tipo de tortura: estarem ligados, mas mais afastados do que nunca.

— Não direi mais nada. — Sorrindo, Zafiel olhou para a frente e, com um gesto de mão imperioso, ordenou que ela seguisse avante.

Espumando de raiva, Eva conduziu o carro por mais quinze minutos, até começar a subir uma colina. Então, o tamanho e a elegância das mansões existentes no aclive chamaram sua atenção. O espaço entre as casas foi ficando maior e, no último quilômetro e meio, as construções simplesmente desapareceram.

Enfim, alcançaram um portão que bloqueava o acesso público ao local. Havia uma guarita à direita, da qual saiu um homem musculoso trajando um agasalho esportivo. Zafiel baixou a janela e seus óculos escuros desapareceram, revelando seu rosto. O vigia o identificou, denotando certa perturbação. Ele retrocedeu e acionou o controle remoto que abriu os dois pesados portões de ferro.

Daquele ponto, a distância até a casa principal era de quase um quilômetro. Em intervalos de cerca de seis metros, viam-se câmeras de segurança posicionadas de forma destacada ao longo do caminho.

Quando a construção surgiu, Eva ficou tão empolgada com a beleza simples de sua arquitetura orgânica que tirou o pé do acelerador e o veículo desacelerou, deslocando-se até parar atrás de um Bentley prateado. A casa escalava a encosta da colina em três pavimentos, que ostentavam varandas amplas em todas as faces. Revestimentos com aspecto de gasto, terraços de pedra e traves de madeira expostas permitiam que a residência combinasse com seus arredores.

Zafiel saiu do carro. Eva desligou o motor e também desembarcou, vislumbrando o olhar interrogativo dele.

— Vou entrar com você — ela afirmou, sentindo sua sensibilidade em relação ao *design* de interiores se mobilizar intensamente pelo equilíbrio entre a construção e seus arredores.

Eva ansiou por examinar o interior. E, ainda mais do que isso, Zafiel a arrastara até ali. Talvez o fato de tê-la feito bancar a motorista, além de irritá-la durante todo o percurso, tivesse sido a única razão para aquilo — ela não se surpreenderia com nenhuma gracinha por parte de um anjo. De todo modo, com certeza não sairia de mãos abanando diante daquela maravilha arquitetônica.

— Como queira. — Zafiel seguiu o olhar de Eva na direção dos dois guardas que ladeavam a porta dupla principal.

Contornando a frente do veículo, ela se pôs ao lado do querubim e, juntos, dirigiram-se para a entrada.

A porta se abriu antes de eles a alcançarem, revelando um homem que fez Eva estacar de imediato. A combinação de cabelos escuros, pele da cor de caramelo e olhos azulados de um anjo do escalão superior produzia um homem belíssimo. Ele estava descalço, com as longas pernas acomodadas num jeans desbotado folgado e com o tronco coberto por uma camisa social branca para fora da calça, com as mangas arregaçadas e o colarinho aberto. A elegância casual do traje só acentuava sua sexualidade desenfreada. Também revelava que ele não sentia nenhuma ameaça de seus visitantes, apesar da tensão tangível que se irradiava naquele momento do físico poderoso de Zafiel.

A crescente curiosidade de Eva a fez inclinar a cabeça para o lado.

— Adrian — Zafiel falou primeiro, com contundência.

— Sua interferência é desnecessária.

— Como você acabou de perder seu tenente, permito-me discordar.

O assombro tomou conta de Adrian, mas passou tão rápido que Eva se perguntou se teria imaginado aquilo.

Ela reavaliou Adrian, procurando perscrutá-lo além do exterior elegante. Assim como em Alec, havia algo perigoso nele, uma agudeza na maneira como encarava as pessoas que o traíram enquanto caçadores. No entanto, sob outro aspecto, Adrian não era como Alec. Caim atacava como uma víbora, envenenando e desaparecendo antes de alguém tomar conhecimento, deixando pouca evidência para trás. Adrian irradiava uma atmosfera distinta: uma expectativa carregada, como a calmaria antes da tempestade. Eva desconfiou de que houvesse uma sequência, em que ele empregava a violência, reduzindo a cinzas a paisagem, para não deixar dúvidas a respeito de sua presença.

Com um movimento de braço teatral e altivo, Adrian os convidou a entrar em sua casa. Zafiel atravessou a porta como se fosse o dono. Eva se deteve diante de seu anfitrião, assumindo uma postura relaxada. A bravata fez muito em atrapalhar o jogo entre Demoníacos e Celestiais. Tirando os óculos escuros, Eva estendeu a mão e se apresentou. Antes de aceitar o cumprimento, Adrian esboçou um sorriso tão efêmero que quase passou despercebido, e apertou a mão dela com mais força do que o desejado.

— Adrian Mitchell — disse, por fim.

Eva sentiu uma sobrecarga de energia na palma da mão. Considerando a deferência relutante de Adrian à arrogância de Zafiel, ela supôs que ele fosse um serafim. E perguntou-se o motivo para um serafim estar vivendo entre mortais. Os serafins eram os anjos responsáveis por enviar ordens de morte aos arcanjos. Por meio dos serafins, as empresas tomavam conhecimento dos demônios a serem caçados. O trabalho não exigia que eles ficassem baseados na Terra. De fato, os serafins apareciam tão raramente nas empresas que a visita de um deles costumava prenunciar uma avalanche de problemas.

Adrian suavizou a expressão.

— Perder uma pessoa quando ela ainda está com você é duro, eu sei.

Eva levou um instante para se dar conta de que Adrian lera a sua mente. Ela recolheu a mão.

— Odeio quando vocês fazem isso.

— Imagino. — Ele deu a impressão de ter achado o comentário bastante divertido.

Isso o elevou a um nível novo de atratividade. Mesmo Eva, por mais louca de amor que estivesse, foi capaz de reconhecer.

Penetrando no interior do recinto, Eva notou que o amplo vestíbulo dava numa sala de estar, com acesso por meio de três degraus largos, mas baixos. O grande espaço que se estendia a partir daquela escadaria era mobiliado com sofás de couro bordô e peças com detalhes de madeira entalhada. A lareira revestida com seixos era grande o suficiente para abrigar um Fusca, mas não conseguia competir com a fileira de janelas e sua vista espetacular.

Quando Adrian fez menção de se sentar, Zafiel disse:

— Não pretendo demorar. Se devo falar a respeito de suas falhas, quero começar imediatamente.

Eva parou de se mover, esperando passar despercebida. Conhecimento era poder e o conhecimento direto a partir de anjos do escalão superior era quase impossível para os Marcados obterem.

Adrian cruzou os braços.

— Sério? E com o que você começaria?

— Com a caçada ao vampiro que matou seu tenente.

Eva arqueou uma sobrancelha. Pelo que ela sabia, aqueles seres eram uma das diversas denominações dos Demoníacos caçados pelos Marcados. Gadara e a empresa deveriam estar lidando com quaisquer problemas daquela área. O fato de um querubim e um serafim estarem examinando a situação a irritou muito. Quanto mais gente metida naquilo, maior a confusão.

— Achei uma maneira de lidar com a situação — Adrian afirmou, friamente.

— Não achou, não. — Zafiel examinou as unhas. — E não me agrada nada saber que vidas foram perdidas devido à sua negligência.

— Você acha que estou feliz com isso?

— Não me importo com os seus sentimentos. Estou aqui para lhe dizer que deve ficar fora do meu caminho. O resto não é mais assunto seu.

Adrian sorriu amarelo.

— De quem será o assunto, se não for meu?

Zafiel ergueu o dedo e apontou para Eva.

— Dela.

2

DEPOIS DE DEIXAR ZAFIEL NA TORRE DE GADARA, Eva foi para casa, planejando tomar um banho quente e passar a noite a sós. Assistir a um filme agradável deitada no sofá seria o paraíso. Costumava preferir filmes de ação, mas, na vida real, ela já tinha o bastante disso. Talvez *Amor e inocência* desse conta do recado, ou algo estupidamente divertido como *Escorregando para a glória*.

Por muito tempo, Eva se manteve sob o forte jato de água do chuveiro, achando que não tinha nada a ver querer saber por que Alec não estava em casa, no apartamento vizinho ao seu. Ela desistira do direito de saber o que ele fazia à noite e não criticaria essa decisão, sobretudo depois desse dia. Ninguém devia acabar presa no meio de uma rixa entre um querubim e um serafim. Eva não desejaria aquilo nem para seu pior inimigo.

Ela se secou, jogou a toalha no cesto de roupa suja e vestiu um robe de tecido felpudo branco. Em seguida, foi em busca de comida para confortar a alma. Uma das vantagens de ser uma Marcada era poder comer toda porcaria que visse pela frente, pois seu metabolismo era totalmente diferente daquele do humano comum. Se assim não fosse, seu rompimento com Alec já a teria presenteado com um tremendo traseiro.

Eva entrava na cozinha quando o aparelho de som na sala de estar começou, inexplicavelmente, a tocar uma música. *Crystal*, a bela canção de Stevie Nicks, quebrou o silêncio. Eva ficou paralisada.

Em seu ombro, a Marca de Caim — uma triquetra de dois centímetros e meio de diâmetro, delimitada por um anel de três serpentes, cada uma comendo a cauda daquela diante de si — latejou e inundou sua corrente sanguínea com adrenalina. Seus sentidos se aguçaram rapidamente, com o mundo ao redor irrompendo numa vitalidade que ela jamais experimentara como mera mortal. A marca a deixava mais rápida e mais forte, além de acelerar todos os processos de cura. Também possibilitava que Eva identificasse o homem na sala de estar do lugar onde se encontrava, sem vê-lo de antemão.

Com um tremor expectante, Eva recomeçou a caminhar e seguiu até onde o corredor alcançava a sala. A brisa marinha enfunava as cortinas transparentes que emolduravam as portas corrediças de vidro. Adiante da varanda, situava-se Huntington Beach, uma comunidade litorânea que era o lar de centenas de demônios. Aquela quantidade era apenas uma fração da população mundial de Demoníacos que viviam escondidos entre os meros mortais. Naquele momento, ela levava aquela vida, com alimentos embalados por íncubos e Big Macs servidos por fadas.

O tinido do gelo contra o metal chamou a atenção de Eva para o balde de prata sobre a mesa de centro, que continha uma garrafa de champanhe envolta num guardanapo. Duas taças pela metade estavam do lado do balde.

Junto ao *home theater*, o homem se virou para encará-la e Eva tornou a se impressionar com sua beleza. Nas características físicas, ele era muito parecido com seu irmão — a pele lisa e cor de oliva, os cabelos bem pretos e os olhos castanhos como café *espresso* —, mas completamente diferente em todos os demais aspectos. De início, a semelhança dele com Alec a atraíra, mas Reed continuou a chamar sua atenção por si mesmo. Até certo ponto, Eva estava apaixonada por ele, o que a confundia e provocava todo tipo de problema.

— Oi — Reed a cumprimentou. Embora parecesse casual e relaxado, seu olhar misterioso era ávido.

— Oi — Eva respondeu.

— Espero que não se importe com minha visita inesperada.

A escolha das palavras por parte dele era apropriada, considerando que seus dons angelicais lhe permitiam o teletransporte para qualquer lugar do mundo num piscar de olhos.

— Você é sempre bem-vindo. Nada mudará isso.

Reed apanhou as taças, se aproximou de Eva e entregou-lhe uma, pressionando a haste fria em sua mão. Ao baixar os olhos, Eva distinguiu algo circular brilhando no fundo da taça. Respirou fundo.

— Fico feliz de ouvir isso — ele murmurou, com seus dedos cálidos sobre os dela. — Porque eu tenho uma pergunta pra lhe fazer...

— Reed! — Eva gritou.

Um diamante imenso adornava um anel de noivado coberto por minúsculas bolhas de champanhe. Era o tipo de joia que enlouquecia as mulheres. Expressava a riqueza do homem que o dava e o valor que atribuía àquela que o usava. A peça magnífica tinha tudo a ver com Reed, um homem conhecido tanto por seus Lamborghinis e Ferraris como pela qualidade de seu trabalho

A força da resposta de Eva bastou para fazê-lo recuar alguns passos. Os últimos meses de confusão se aglutinaram em um momento luminoso de perfeita claridade. Ela sentiu um choque semelhante de realidade assustando-o antes de se propagar através da conexão entre os dois.

Reed falou com muita rapidez:

— Zafiel está aqui para investigar a recente morte de um serafim. Ele quer que você assuma um disfarce e se mude para um dos condomínios de Raguel como residente.

— Tudo bem... Mas como isso vai funcionar? Os Demoníacos sentirão o cheiro quando eu estiver chegando.

O odor dos Demoníacos era de almas em putrefação, e o dos Marcados, levemente doce. A analogia de Alec era: assim um cervo sentiria o cheiro de lobos se aproximando — nada mais "justo". Eva chamava isso de: "Que porra é essa?". Ela não conseguia entender o motivo pelo qual Deus recrutava um exército relutante de pecadores para travar batalhas contra demônios fazendo-os se destacar na multidão para anunciar sua chegada.

— Não estamos lidando com Demoníacos — Reed afirmou —, mas chegaremos a isso num instante. Raguel quer que você atue disfarçada, como integrante de uma equipe, e não sozinha. O que significa que precisará de um marido, Eva. Por isso, o anel.

Eva sentiu alívio.

— Caramba, você me assustou! Toda a coisa do champanhe e da música...

— Quando Raguel me explicou a missão, dei-me conta de que a ideia de casar com você tinha algum mérito. — Reed enfiou as mãos nos bolsos de sua calça Versace. — Assim, por que pedir em casamento duas vezes quando posso fazer isso diretamente uma vez?

Eva ficou boquiaberta.

— Não estamos nem mesmo namorando neste momento, Reed!

— Porque você está obcecada pelo meu irmão.

— E você é avesso a assumir compromissos.

— Besteira. Sabe muito bem que quero mais do que você está me oferecendo. Você é quem está se contendo.

— Quando vi o anel na taça, achei que você havia pirado. E acabei pirando também. — Com toda a força de seu ser, Eva queria amar Reed do jeito que ele merecia ser amado; mas isso não era algo que ela conseguia controlar.

— Porque era *eu* oferecendo o anel — ele acusou. — Caim é um beco sem saída, e você sabe disso.

Eva adoraria estar vestindo algo mais substancial que um robe durante aquele diálogo.

— Tudo acerca de ser um Marcado é um beco sem saída, Reed. Não vejo sentido em tentarmos ter um relacionamento quando todos perseguem objetivos conflitantes. Você e Alec estão em busca de promoção profissional. Eu quero achar uma maneira de voltar à vida que eu tinha. Não há jeito de isso dar certo.

Reed demonstrou surpresa, mas insistiu:

Eu te desejo. Isso dá certo.

Eva sorriu com ironia.

— Atração sexual nunca foi o nosso problema. Você não vai me ouvir dizer que há algo de errado em ter uma transa realmente incrível com alguém que admiro e cuja companhia me agrada muito.

— Mas...?

— Mas isso não basta para eu me comprometer com a vida de uma Marcada. E é exatamente o que eu estaria fazendo ao me comprometer com alguém de dentro do sistema.

— Talvez sejam necessárias centenas de anos até que consiga se ver livre da marca — Reed afirmou com frieza, sabendo que Eva se recusava a aceitar essa possibilidade. — Sei que não iria se privar de sexo durante todo esse tempo e você não é do tipo que gosta de encontros casuais.

— Nesse caso, o casamento é sua solução para transar comigo?

— Você é a única mulher com quem eu quero transar.

Eva pôs a taça no tampo de vidro da mesa de centro.

— Deixando de lado toda essa coisa relacionada ao estilo de vida de Marcada, temos outras questões. Eu nunca estive na sua casa. Nem sei se você mora em Orange County ou se tem de se teletransportar para outro continente para trocar de roupa. Nunca fomos juntos a nenhum lugar que não estivesse relacionado ao trabalho. Você vem ao meu apartamento e basta; aparece quando lhe é conveniente e desaparece quando não é. O que temos é um relacionamento profissional com benefícios.

— Não importa, querida — Reed faz graça, alisando os cabelos cortados com todo o esmero. — Você não deixou que fosse mais do que isso. Brincar de casinha é exatamente o que precisamos.

Ao notar o aborrecimento de Reed, Eva soube que era hora de mudar de assunto ou continuariam discutindo inutilmente por horas. Assim, ela se sentou em um dos sofás creme e aproveitou a deixa:

— Tem uma coisa que eu gostaria que você me explicasse... Desde quando os vampyros não são mais Demoníacos?

Não houve nenhuma mostra visível por parte de Reed, mas Eva sentiu o alívio que tomou conta dele.

— Vampyros com "y" são demônios, sim. Vampiros com "i" não são. Você não recebeu treinamento para o segundo tipo, pois os Marcados não têm permissão para lidar com eles. Você será a primeira.

Todos os Marcados passam por um programa de treino, algo como um campo de treinamento para recrutas. Todas as classificações relativas aos demônios eram discutidas nos mínimos detalhes, com foco na melhor maneira de caçá-los e eliminá-los.

— Claro. — Eva deu de ombros, nada surpresa por receber outra missão de merda. Sacaneá-la era o entretenimento preferido dos anjos de todos os escalões. — Se os vampiros com "i" não são demônios, o que eles são?

Reed ajeitou a calça e se sentou ao lado dela.

— Você vem tendo um curso intensivo de Bíblia desde que foi marcada. Lembra-se da leitura acerca dos anjos Vigilantes?

— Duzentos anjos foram enviados para observar o comportamento dos homens, mas eles começaram a confraternizar com os humanos e fazer coisas depravadas, incluindo cruzar com as mulheres, o que deu origem às crianças chamadas nefilim...

— Isso. Logo que Jeová percebeu o que estava acontecendo, enviou um grupo de elite de guerreiros serafins, os Sentinelas, para punir aqueles Vigilantes. Os Vigilantes perderam suas asas e se tornaram os Caídos. As asas e as almas estão conectadas; por isso, sem uma, perde-se a outra. Está entendendo?

— Anjos caídos perversos, sem asas, sem almas. Saquei.

Reed assentiu com um gesto de cabeça.

— Os anjos dependem de suas almas para sobreviver. Eles não comem nem bebem do mesmo jeito que os mortais, mas absorvem energia das forças de vida da Terra.

— Então, eles morreram de fome?

— Quem dera. Não, eles descobriram que podiam se alimentar de vida de uma maneira mais direta...

— Começaram a beber sangue — Eva concluiu. — Tudo bem. Quer dizer que há dois tipos desses seres: aqueles que são demônios e aqueles que eram anjos? É por isso então que Adrian vive na Terra? Para caçar e matar anjos caídos?

— Jeová nunca ordenou a morte de um anjo. Caso contrário, Sammael não estaria vivo.

— Verdade.

Satanás vinha se saindo bem e muitas vezes Eva quis saber o motivo, mas essa era uma questão para a qual parecia que ninguém tinha uma resposta.

— Os Sentinelas devem conter os Caídos em áreas onde eles não são capazes de se meter em muitas encrencas.

— E o sul da Califórnia está cheio de encrencas. Quantos Sentinelas existem na região?

— Um número insuficiente.

— Nesse caso, por que enviar apenas dois de nós disfarçados? Não seria melhor enviar mais Marcados?

— Acredito que sim, mas a decisão não é minha. Os Marcados não conseguem farejar os Caídos.

— A falta de alma se converte em falta de cheiro?

— Você entendeu. Não podemos nos permitir ter muitos Marcados ocupados indefinidamente, além dos custos de moradia, de um álibi decente e assim por diante. Nossos recursos não são ilimitados.

— Desse modo, estamos caçando alguém que se mistura perfeitamente no ambiente, com nada para denunciá-lo. — Eva fez um esgar de frustração. — Qual é o nosso disfarce?

— Somos o senhor e a senhora Kline. Estamos alugando uma casa do condomínio porque preciso estar na cidade a negócios e você é minha esposa-troféu.

— Você não é um tanto conhecido para participar de um trabalho secreto? — Eva lançou-lhe um olhar furtivo.

— Sou um empresário muito ocupado, meu bem. Com exceção do carro na entrada da garagem à noite, não serei visto.

Basicamente, Reed não estava assumindo um disfarce. Desde que Eva o conhecera, ele vivia aparecendo e desaparecendo. Reed vinha quando ela chamava, mas, em geral, vê-lo era algo aleatório.

Por meio de seus dons de mal'akh, Reed transferiu o anel do fundo da taça de Eva para sua mão e, em seguida, colocou-o no dedo dela.

— Isso pode ser real, Eva. Pense a respeito.

Reed saiu sem avisar, desaparecendo diante dos olhos dela.

Eva se deitou no sofá com um gemido.

BUFANDO, ALEC SE SENTOU NO CHÃO COM AS pernas estendidas, apoiou as costas na parede comum entre seu apartamento e o de Eva e fechou os olhos.

O pedido de casamento de meia-tigela de Reed fora íntimo demais para não abalá-lo.

Quando Eva bateu em sua porta mais cedo naquela noite, Alec soube, embora estivesse longe de casa. Ela poderia ter falado com ele por meio da conexão entre os dois, mas Eva queria vê-lo pessoalmente. Ignorar aquela necessidade quase o matou, mas ele estava numa negociação impossível de interromper. Alec barganhou com a única coisa de valor que possuía — sua disposição para realizar os trabalhos sujos aos quais ninguém desejava estar associado —, e assim poderia ter o que mais queria.

Para Alec, ficava cada vez mais difícil se lembrar de seu amor por Eva. Ela fora sua única alegria e conforto, e ainda era, mas ele se sentia vazio sem a capacidade de amá-la. O desejo e a admiração ainda se achavam presentes, mas o fato de serem "apenas bons amigos" o atormentava. E do mesmo modo atormentava Eva, que vinha se fechando para todos do sistema de marcados e evitando a criação de conexões, na expectativa de encontrar forças para se livrar de sua marca. Antes, Alec pretendia ajudá-la, mas agora...

— Agora, você não pode partir — ele murmurou.

Eva não poderia virar as costas para os mortais inocentes que eram vítimas dos demônios e nunca seria capaz de enviar seus filhos para a escola com Demoníacos que não conseguia farejar ou identificar. Rebelde como era — e ele não a culpava por isso —, a enorme generosidade de Eva não lhe permitiria deixar desprotegido nenhum pobre coitado. Não, ela vira a escuridão por trás do véu e jamais conseguiria esquecê-la.

Alec se pôs de pé. *Tenha cuidado com o que você deseja...* Ele quis a promoção para arcanjo e comandar sua própria empresa, mas não levou em consideração o quanto lhe custaria aquele objetivo.

A cada minuto, a humanidade de Alec escapulia dele. Se não conseguisse ter Eva de volta, não queria nem imaginar o que se tornaria sem ela.

3

NO PÁTIO DE SUA NOVA CASA NO CONDOMÍNIO fechado Arcadia Falls, Eva observava dois Marcados disfarçados descarregarem caixas de utilidades domésticas que não lhe pertenciam. Gadara fornecera a mobília utilizada em uma das unidades decoradas em exposição naquele condomínio. As peças tinham estilo tropical: muito vime e padrões florais. Eva não as teria escolhido, mas não eram desagradáveis.

A casa era a unidade do meio de três imóveis próximos. Possuía dois andares e ostentava o mesmo telhado de telhas vermelhas de todas as demais residências dali. Havia quatro plantas baixas disponíveis e um conjunto estrito de regras que asseguravam uma aparência uniforme para toda a propriedade. Os belos gramados eram muito bem cuidados e os postes de luz, semelhantes a bambus, uma solução bastante interessante, na opinião de Eva.

Tirando uma mochila da traseira do jipe Wrangler Limited, de propriedade das Empresas Gadara, Eva se perguntava como poderia achar um vampiro que não tinha cheiro e não era afetado pela luz do sol. Ele podia ser qualquer um vivendo em qualquer uma das cem casas ao seu redor. Aliás, ela nem sequer sabia se procurava apenas um vampiro ou um grupo deles. Tampouco fazia ideia de quanto tempo permaneceria em Arcadia Falls ou o que deveria fazer quando identificasse sua presa. E Reed não fornecia nenhuma informação. Durante todo o dia, mantivera-se em total silêncio em sua mente. Não era um grande início para o disfarce deles como casal feliz.

— Olá!

Na traseira do jipe, Eva endireitou-se e notou a mulher loira e miúda se aproximando.

— Oi! — Eva respondeu.

— Bem-vinda ao Arcadia! — A mulher estendeu a mão com unhas francesinhas postiças muito bem feitas. Usando calça cargo cáqui e regata branca, ela exibia um bronzeado incrível junto com sua noção de moda juvenil. — Sou Terri Anderson, presidente da associação de moradores e sua vizinha.

— Como vai, Terri? — Eva retribuiu o cumprimento. — Eva Kline.

— *Anjo?*

Anjo... Só Alec a chamava assim.

Eva se virou e lá estava Alec vindo da direção da casa, com suas longas pernas vencendo a distância entre eles em seu familiar passo provocante.

— Oi — ele disse, numa voz grave capaz de transformar a leitura de *Uma breve história do tempo* numa experiência erótica. — Alec Kline.

Alec, então, presenteou Terri com um de seus sorrisos sedutores. Ela, por sua vez, ficou vermelha ao se apresentar. Era uma reação de que Eva lembrava muito bem, ainda que a marca agora neutralizasse suas reações físicas em relação à maior parte dos estímulos.

Alec Caim era um colírio para os olhos. Os bíceps maravilhosamente definidos se delineavam numa camiseta branca justa e as pernas musculosas faziam sua bermuda parecer sensacional. Seus cabelos pretos lisos, um tanto longos, davam-lhe a aparência de *bad boy* que atraía as mulheres como abelhas pelo mel.

— *O que está fazendo aqui?* — Eva perguntou a Alec, telepaticamente.

— *Precisa perguntar? Você é minha, anjo.* — Alec piscou, irradiando confiança e expectativa predatória. A emoção da caça estava em seu sangue e, ultimamente, sua presa preferida era Eva.

Ela estava numa bela enrascada.

— Vou fazer um churrasco hoje à noite com alguns de nossos vizinhos e gostaria muito de contar com a presença de vocês — Terry disse aos dois.

— *Isso é que é sorte.*

— *Não é, não, Alec. Isso não vai funcionar* — Eva contrapôs. — *Você é o protótipo da equipe de Celestiais. Todos o conhecem!*

— Vocês têm filhos? — Terri quis saber.

— Ainda não — Alec respondeu.

Eva se arrepiou. Uma das forças impulsoras por trás de seu desejo de conseguir voltar à sua vida de outrora era ter uma família: um marido, dois ou três filhos, um cachorro e uma casa com cerca branca. Considerando o efeito colateral da esterilidade provocado pela marca, Eva não tinha nenhuma chance de gerar filhos — a menos que descobrisse uma maneira de escapar do sistema de Marcados.

— Nós também não. Nesse caso, podemos começar a noite tomando alguns drinques. — Terry esfregou as mãos. — Às seis horas está bem para vocês?

Alec fez que sim com a cabeça e apoiou o braço no ombro de Eva.

— Parece perfeito.

Seria torturante fingir estar casada com Alec. Brincar de casinha com Reed não teria o mesmo peso. Depois de todos aqueles anos, o efeito de Alec sobre ela era o mesmo. Bastava vê-lo para algo dentro dela dizer "meu". Algo que não desaparecia, ainda que viesse a ser melhor para os dois.

Terri apontou para além do gramado de Eva e Alec.

— Eis seu outro vizinho.

Eva virou a cabeça quando um Camaro novo em folha entrou no acesso de carros da casa ao lado. Um homem moreno, de estatura elevada, desembarcou do veículo e, em seguida, acenou. Ele se aproximou deles e, em primeiro lugar, estendeu a mão para Eva.

— Tim Cotler. Prazer em conhecê-la.

Alec resmungou:

— *Não consigo acreditar que ele olhou para você desse jeito mesmo comigo ao seu lado.*

— *Bobagem.*

Quando os homens se cumprimentaram, Alec não deixou de fazer valer seus direitos. Ele era muito possessivo, o que tornava a situação ainda mais insuportável por Eva ser tão louca de paixão. O amor não correspondido deixava Eva muito vulnerável, muito esperançosa. Sem mencionar todo o problema que causava para Alec, que se sentia culpado e responsável por ela, o que o forçava a fazer concessões, barganhar e negociar seus talentos a fim de protegê-la.

Terri acenou para os demais vizinhos, que se aproximaram, e fez as apresentações:

— Estas são as Mullany: Pam e Jesse, sua filha. Elas moram na quadra seguinte. Pam é a nossa revendedora da Avon. E o rapaz ajudando seu pessoal da mudança é Gary Reynolds. Ele mora na casa ao lado de Pam.

Alec acenou para Gary, em saudação, enquanto Eva estendia a mão para Pam.

Eva não deixou de notar que todos eram bastante atraentes. Gary era loiro e bronzeado, além de forte e ágil, como evidenciado pelo rápido resgate de uma caixa pesada que ameaçara cair da traseira do caminhão. Pam Mullany, uma ruiva atraente, tinha olhos esmeralda e pele deslumbrante. Eva não conseguiu encontrar nela uma sarda sequer, o que era raro em pessoas ruivas naturais. Jesse Mullany era uma garota de cerca de dezesseis anos, com cabelos pretos tingidos e raízes ruivas visíveis. Tinha um *piercing* no nariz e usava um batom bem vermelho. Quando Jesse retribuiu o sorriso de Eva, exibiu um par perfeito de caninos cor de pérola.

— Adorei os caninos — Alec afirmou, dando um sorriso capaz de desarmar qualquer mulher.

Brincando com um de seus cachos ruivos, Pam suspirou às costas da filha.

— O pai de Jesse lhe deu facetas dentárias como presente de aniversário. Levei um tremendo susto quando ela chegou em casa.

— Esquece isso! — Jesse parou de sorrir e olhou para Tim, fazendo um esgar de aborrecimento.

— Seu pai podia ter perguntado — Pam sustentou.

— Como? Você não está falando com ele. Além do mais, o papai não precisa de sua permissão.

— *Ah, as alegrias da adolescência...* — Alec murmurou.

Um dos Marcados gritou, chamando a atenção de Eva. Alec se afastou para falar com o rapaz e Eva decidiu ir também, usando a desculpa enquanto estava disponível. Sua intenção era descobrir o que exatamente Alec achava que iria fazer naquele lugar. Além de revelar a identidade secreta dela e enlouquecê-la...

— Desculpem-me — ela disse —, preciso dar certas orientações para os rapazes da mudança. Devo levar alguma coisa hoje à noite?

— Absolutamente nada. Sua presença é tudo o que eu quero. Vocês já têm preocupação suficiente com a arrumação. — Terri sorriu.

— Certo, então. Até mais. — Eva se despediu com um aceno e alcançou Alec, que estava assinando uma folha de papel sobre a prancheta do Marcado.

— Bem, eu tenho algumas coisas para cuidar antes de dar o dia por encerrado. Vejo todos vocês no jantar. — E Tim também se foi.

O disfarce de Eva e Reed fora cuidadosamente produzido: carro novo, caixas de coisas que não lhes pertenciam, contrato de aluguel sobre a mesa do café da manhã... Todo aquele trabalho preparatório parecia inútil agora, com a intromissão de Alec.

Assim que o caminhão de mudança deu marcha a ré e se afastou, Eva e Alec atravessaram a porta dupla principal aberta e entraram na residência. Então, ela atacou:

— Escute... A menos que o Caído tenha vivido até agora em Marte, debaixo de uma pedra, ele o reconhecerá no momento em que o vir. Não é possível trabalhar disfarçado se todos sabem sua identidade verdadeira.

— Isso é um problema, concordo. — Alec pôs a mão nas costas de Eva e a conduziu na direção da escada.

— Então...?

— Então o quê? Acha mesmo que eu deixaria Reed brincar de casinha com você? Pirou?

Eles alcançaram o segundo andar. A luz do sol inundava o corredor a partir das portas abertas dos três dormitórios. Uma alcova decorativa era ocupada por uma mesa sob medida e flores falsas de qualidade superior num vaso de vidro soprado. Além disso, várias caixas de mudança.

Alec apontou na direção do quarto principal.

— Eu pirei? — Eva aceitou a sugestão de Alec e seguiu pelo corredor na frente dele. — O fato de Reed assumir o papel era um desafio, mas ele planejava não ser visto por ninguém. Você, por outro lado, simplesmente gritou: "Caim está em casa!".

Algumas caixas bloqueavam a entrada do quarto. Alec passou por Eva e as afastou para o lado por meio de um pontapé potente, mas gracioso.

— Eu pedi para participar da missão e meu pedido foi aceito — ele explicou. — Portanto, deve funcionar para alguém. E se não funcionar para o vampiro, não vou reclamar. Não quero que faça um trabalho de merda como esse, Eva. Você merece coisa melhor.

— Qual o propósito dessas caixas? Por que a preocupação com as minúcias de nosso disfarce e depois usar você como... — Eva perdeu o fio da meada quando notou um homem sobre a cama.

— O que você está fazendo aqui? — Alec perguntou baixinho, algo surpreso.

— Vocês estão trabalhando para mim. — Zafiel se achava em uma posição reclinada, com a cabeça apoiada em uma das

mãos. Ele era tão grande que a enorme cama parecia pequena.
— É de meu interesse garantir que vocês tenham o máximo de chance em obter sucesso.

— Sabemos como caçar.

Zafiel endireitou-se e moveu suas longas pernas para o lado do colchão.

— Mas não conseguirão se disfarçar sem ajuda.

Eva se espantou. Enquanto ela piscava, o querubim mudou-se para uma posição bem diante deles. Zafiel agarrou o braço dela e o de Alec. Uma torrente de sensações percorreu o corpo de Eva, concentrando-se na marca sob a palma da mão do querubim.

Alec praguejou numa língua estrangeira e empurrou Zafiel de volta para o leito. O querubim se esparramou no colchão, dando risada.

Eva caiu de joelhos, arfante e zonza. Sentia-se entorpecida, como se tivesse sido anestesiada.

— Droga... — ela balbuciou.

— Anjo! — Alec se agachou ao lado de Eva e pôs a mão sobre a dela.

Os dedos dele estavam trêmulos, o que aturdiu Eva — nada amedrontava Caim da Infâmia.

Ao erguer a cabeça, ela encontrou o olhar de Alec.

— Que diabos foi isso? — Eva quis saber.

— Acho... Acho que somos mortais.

EM SUA NOVA SALA DE JANTAR, EVA SENTOU-SE à mesa de madeira retangular, contemplou o querubim de aparência inocente sentado a sua frente e arrepiou-se com o brilho voraz nos olhos dele. Ela notou que suas íris pareciam menos azuis do que antes, como vidro fosco. Tudo ao redor dela estava atenuado, menos vibrante e vivo.

— É um plano bastante estúpido — Eva sustentou, aceitando o copo de água oferecido por Alec. — Você quer que nos matem, Zafiel?

— Claro que não.

— Como vamos conseguir nos defender sem os nossos supersentidos?

— Supersentidos?! — Zafiel zombou de Alec. — É esse tipo de coisa que você costuma dizer a sua Marcada?

— A mortalidade não era parte de nosso acordo — Alec afirmou, tenso.

— Acordo? — Eva o fitou.

Em resposta, o olhar dele foi o mais quente dos últimos tempos e lhe tirou o fôlego.

— Que acordo? — ela exigiu saber mesmo assim.

— Caim quer um rebaixamento de posto — Zafiel explicou.

Alec impediu que Eva falasse ao agarrar-lhe o ombro com firmeza.

— Podemos conversar sobre isso mais tarde — ele murmurou.

Eva ficou chocada, pois tinha certeza de que ele queria o rebaixamento por sua causa — já que Alec não poderia amá-la enquanto fosse um arcanjo.

— Quando expliquei a situação a Abel, ele concordou em se retirar da missão. — Zafiel sorriu, presunçoso.

— Concordou?! — Sentimentos conflitantes assaltaram Eva nesse momento.

— *Você não sabe como se sente em relação a coisa alguma* — Reed interveio, telepaticamente. — *Tem de manter a cabeça fria no que se refere a Caim, Eva. Você tem de escolher.*

— Eu ainda consigo ouvi-lo. — Eva encarou o querubim.

— Sim. Eu também. Que porra é essa? Você tira os benefícios e ainda nos deixa com *ele* em nossas cabeças? — Alec resmungou.

Os três estavam conectados de maneira singular: Reed com Eva e ela com Alec. A conexão mental dos outros Marcados com seus mentores era cortada quando se conectavam com seus encarregados mal'akh. A promoção de Alec a arcanjo prejudicara esse processo em relação a Eva, tornando o cérebro dela a conexão mais próxima dos irmãos desde a infância.

Zafiel deu de ombros, indiferente.

— Raguel insistiu que Reed continuasse capaz de se comunicar com vocês dois. Além dessa condição, propiciei a oportunidade perfeita para você, Eva, tomar a decisão que Reed vem exigindo. Como mortal, Caim não tem mais as restrições impostas aos arcanjos, ele voltou a amá-la.

Ao deslizar os dedos na superfície de madeira polida da mesa, Eva pôde ver que suas sardas estavam de volta, assim como a cicatriz nas articulações dos dedos obtida quando criança. A marca cuidara dessas manchas e, assim, a visão delas era um reconhecimento palpável de sua falta de aprimoramento celestial.

— Como poderemos achar um vampiro nestas condições? — ela perguntou.

— Vocês não estão procurando nada. Estão aqui para serem achados.

— O quê?!

— Há certa preocupação de que exista uma demanda crescente por sangue angelical na comunidade de Caídos.

— Meu Deus! — Eva esperou pela fisgada punitiva da marca, que atuava como uma coleira de modificação comportamental. Porém, quando a queimadura não se manifestou após ela ter pronunciado o nome de Deus em vão, as coisas começaram a ficar mais claras: Eva perdera a marca. — Você quer isca para uma armadilha. Eis por que pretendia usar Reed: porque ele é um mal'akh. Quando Alec se ofereceu para a missão, você calculou que um arcanjo seria melhor do que um anjo. Sobretudo um arcanjo imediatamente reconhecível.

— Algo assim — o querubim concordou, tranquilo.

— Nesse caso, por que privou Alec de seus poderes?

Zafiel se reclinou na cadeira, fazendo-a ranger.

— Bem, não podemos nos arriscar a perder sangue angelical até sabermos para o que eles o querem.

— E você diz que não nos quer mortos!

— Ninguém suspeitará que Caim não possui o que eles desejam — Zafiel sustentou. — E a natureza flagrante de sua presença aqui os tornará exageradamente confiantes.

— Por que você não deixa isso para Adrian? — Eva retrucou. — Esse é um assunto dele, não nosso. Caso não tenha reparado, Zafiel, tenho problemas suficientes para acompanhar o sistema de Marcados.

— Foi deixado para Adrian durante séculos, mas ele se recusou a usar um Sentinela como chamariz. Assim, sobrou para mim e... para você. — Zafiel deu risada. — Os Sentinelas preferem usar seus cães na linha de frente, mas o sangue de um licantropo não interessa aos Caídos.

— Licantropo? — Eva olhou para Alec. — Lobisomem?

— Alguns Caídos fizeram uma barganha: servir aos Sentinelas e recuperar suas almas, evitando o vampirismo — Alec explicou. — Eles foram convertidos em licantropos e agora trabalham como cães pastores para manter na linha os outros Caídos. O que Zafiel não está dizendo é que os Sentinelas não receberam reforços desde a chegada daqueles Caídos. Como eles foram proibidos de se reproduzir, seu número se reduz a cada baixa. Os licantropos podem procriar, mas não são imortais; portanto, sua população cresceu muito lentamente. Os Caídos, porém, são imortais e conseguem propagar o vampirismo aos mortais. Assim, a quantidade deles cresceu muito ao longo do tempo. Adrian não pode se permitir arriscar algum de seus Sentinelas como isca. Eis por que ele não concordou com o plano de Zafiel.

— E os licantropos são o quê? — Eva indagou. — Lobisomens da variedade angelical?

— Correto.

— Sabe... — Eva bufou. — queiram ou não admitir, Céu e Inferno são simplesmente duas faces da mesma moeda.

— Onde você acha que Sammael se inspirou para criar os Demoníacos? — Alec meneou a cabeça. — Naquilo que Jeová estava produzindo. Sua versão possui alguns defeitos: seus vampyros são sensíveis à luz do sol e aos objetos sagrados e suas criaturas são forçadas a mudar de forma em certos momentos do mês. No entanto, ao contrário dos Caídos, os Demoníacos possuem alma... Mesmo que em putrefação.

— Felizardos... — Eva voltou a atenção mais uma vez a Zafiel, um ser que ela duvidava que tivesse uma alma.

O querubim apontou para uma adaga que aparecera sobre a mesa, dizendo:

— A lâmina folheada a prata matará o vampiro se a situação chegar tão longe.

Eva encarou Zafiel, incrédula. Em advertência, Alec apertou seu ombro com mais força, como se soubesse o quão perto ela estava de estrangular o querubim.

— Continuaremos esta conversa mais tarde — Alec afirmou, com severidade.

O querubim fez mais um gesto de indiferença e, em seguida, desapareceu.

4

ALEC PUXOU A CADEIRA AO LADO DE EVA E SE sentou.

— Todos os anjos são sádicos? — ela murmurou, ansiosa, alerta e farta de tudo aquilo.

E ele estava louco de amor por Eva. No lugar em seu peito onde havia um grande vazio na noite anterior, agora, Alec sentia algo muito diferente. Tomado de emoção, não era capaz de raciocinar com clareza.

— Você está sendo generosa — Alec disse com a voz grave.

Eva virou-se no assento para encará-lo. Alec tomou-lhe o rosto entre as mãos e a beijou. Ela precisou apenas de um instante para captar a situação, mas, quando isso aconteceu, as restrições cessaram. Inclinou a cabeça e ofereceu a boca, sabendo do que Alec gostava, respondendo às insinuações dele com apaixonado entusiasmo.

Gemendo sua aprovação, Alec a trouxe para mais perto, beijando-a com cada vez mais ardor, com a língua serpenteando de um modo que sabia que a deixava louca de desejo.

Eles eram feitos um para o outro. Alec sabia disso com certeza absoluta.

Eva agarrou os pulsos de Alec e deu o melhor de si. Ele, por sua vez, se sentia atiçado pelo cheiro e a pele dela, uma experiência completamente nova agora que tinha apenas os sentidos de um mortal. A Marca de Caim sempre embaçara as coisas entre eles com sensações sobrenaturais.

— Gosto disso. — Alec a puxou para seu colo. — Eu te amo.

A dor do anseio em seu peito dificultava a respiração. Ele fora o primeiro namorado de Eva e seria o último.

Alec movia as mãos a esmo, do rosto dela aos seios. Amparando o peso de Eva, ele os massageou, até que ela se arqueasse com seu toque e gemesse. Então, Alec mordeu-lhe o lábio inferior e, em seguida, aliviou a mordida com uma carícia suave da língua, lembrando-a de como era quando sua boca estava ocupada em outros lugares mais íntimos. Ele gostava de passar a língua por todo o corpo de Eva, cada centímetro sedoso, cada curva, cada fenda. Era uma atividade que Alec queria praticar exatamente ali. Naquele exato momento.

— Alec... — Eva murmurou, interrompendo-o, e, em seguida, abraçando-o com força. Então, capturou as mãos vorazes dele para que não conseguissem se mover.

— Não quero parar... — Alec a ajustou de modo que ela sentisse na coxa a pressão de sua ereção.

— Você não está preocupado com o que Zafiel está tramando? — Eva arfou.

— O que me preocupa é a possibilidade de ele mudar de ideia antes de eu conseguir transar com você. Preciso senti-la enquanto estamos assim. — Alec a observou com os olhos semicerrados.

Eva estava enrubescida e molhada de suor — sem dúvida a criatura de aparência mais sensual que ele já vira. Uma deusa asiática, exoticamente bela, que não podia ser mais perfeita para ele.

— Se perdermos esta chance, não sei se conseguirei sobreviver.

— Pode ser mesmo que você não sobreviva, e isso me apavora! — Eva o olhou no fundo dos olhos. — Você é mortal, Alec. Há uma infinidade de Demoníacos loucos para arrancar um pedaço de seu corpo e agora anjos Caídos também querem isso.

Alec moveu os quadris, revelando a Eva que a cabeça que comandava o espetáculo ainda era aquela entre suas pernas.

— Eu quero você louca para ter um pedaço de mim.

— Alec, preciso de você vivo. — Eva se endireitou e se afastou, negando-lhe o prazer de apalpá-la.

Alisando os cabelos com uma das mãos e praguejando baixinho, Alec ficou de pé e se dirigiu à cozinha. Alcançou a pia e lavou o rosto.

— Você não me quer morto, mas também não me quer vivo.

— Não mude de assunto.

— É o mesmo assunto. — Alec fechou a torneira e se apoiou na bancada com os braços cruzados, deixando que ela visse todo o amor, a cobiça e o desejo que o consumiam. — Somos apaixonados um pelo outro, Eva. Sempre fomos. Por que não estamos juntos, dividindo uma casa, uma cama, uma *vida*?

Ela endireitou a blusa, desviando deliberadamente o olhar. Estava fugindo da situação e Alec decidiu dar-lhe espaço. Era hora de escolher um caminho e se manter fiel a ele.

— Você conhece o meu pai — ela tergiversou, estremecendo, porque sabia estar se esquivando. — Ele me mataria se eu fosse morar com um homem sem me casar.

— Então, vamos nos casar.

Eva empalideceu. Fez um gesto negativo com a cabeça e saiu da cozinha.

— Anjo...

Ela seguiu adiante, se afastando, e por sobre o ombro respondeu:

— Você não é a pessoa de quem mais gosto neste exato momento.

— Mas você é a pessoa de quem mais gosto — Alec afirmou, tranquilamente, seguindo-a. — Quero passar o resto da vida ao seu lado.

— Todos os quinze minutos dela? Se você tiver sorte.

— Você pode ter sorte. Agora mesmo — Alec disse, de um jeito arrastado.

— Está parecendo seu irmão falando, sabia? Apesar de que o pedido de casamento de Reed veio com alguns ornamentos românticos.

Alec sorriu. Seu pedido de improviso teve o efeito desejado de quebrar a defesa dela. O fato de Eva se magoar era hipocrisia da parte dela, considerando que fora ela quem rompera o relacionamento deles, mas Alec não iria chamar a atenção para isso.

— Isso é uma provocação — ele preferiu dizer, em vez de chamá-la de hipócrita.

— Não quero brigar com você. — Eva ergueu a mão. — Por isso o estou evitando.

Andando entre as caixas amontoadas na sala de estar, Eva alcançou o vestíbulo e seguiu direto para a escada.

— Vire à esquerda — Alec pediu.

Eva virou à direita, na direção da escada.

— Se você não virar à esquerda, vou jogá-la no meu ombro e carregá-la até onde eu a quero — ele advertiu.

Bufando, Eva virou à esquerda e entrou na sala de TV. E estacou logo depois da porta. Num segundo, Alec se acercou dela, pressionando o corpo contra as costas de Eva.

Alec tinha examinado cada recinto da casa antes de se decidir por aquela sala. Imaginou que seria o local preferido de Eva por causa da decoração. Um sofá estofado modular castanho-claro e peças em vermelho e dourado deixavam o espaço quente e convidativo, e era assim que ele a via. Após acender a lareira, Alec pusera diante dela, no chão, um acolchoado de cetim branco coberto de pétalas de rosas vermelhas. A primeira noite deles juntos fora sobre cetim branco, e quando ele retornara para Eva, dez anos depois, usara cetim branco de novo. Achara os lençóis no armário de roupa de cama dela e sabia que Eva os comprara com as lembranças dele em mente. Ela o assombrara da mesma maneira. Para Alec, fora amor à primeira vista e cada dia que passava, mesmo aqueles em que estiveram separados, sentia seu amor por Eva crescer cada vez mais.

AO SE DEPARAR COM A CAMA IMPROVISADA diante da lareira, Eva precisou conter as lágrimas. *Esse é Alec*, pensou, com uma sensação de melancolia. Naquele momento, Eva percebeu que a proposta dele na cozinha fora apenas uma maneira de seduzi-la para fazê-la revelar mais do que pretendia.

Eva não deveria se iludir. Alec não era do tipo impulsivo, muito menos em relação a algo tão importante quanto o casamento. Ele era um romântico afetuoso, um homem de grandes gestos e considerações ponderadas. Reed, sim, era alguém que tinha reações automáticas a acontecimentos inesperados e sua ideia de sedução era imobilizar uma mulher na superfície horizontal mais próxima e transar com ela.

— Posso pregá-la numa parede — Alec sussurrou no ouvido dela. — Quando você quiser...

— Não leia meus pensamentos — Eva disse, sufocada.

— Não preciso lê-los para saber que você compara Abel a mim desde que o conheceu. Você e eu sabemos que ele é muito egocêntrico para ser o que você precisa, mas estar com meu irmão representa menos pressão e menos expectativas. Abel não deixa ninguém entrar. Assim, não há nenhuma chance de um futuro real. O que significa menos complicações para você.

— Não me analise.

— Só estou falando do que você pensou quando viu aquele anel em sua taça de champanhe. Na ocasião, eu estava lendo seus pensamentos. — Alec passou os braços em torno dela e alcançou a mão de Eva. Com um puxão suave, removeu o anel de Reed do dedo dela. — Sou um risco elevado, pois se comprometer comigo é para sempre e significa aderir à marca a longo prazo.

— Alec... — Eva se entregou ao abraço de Alec e escutou as batidas do coração dele. — Existem muitas diferenças importantes entre nós. Você é devoto, e eu não sou. Você é um arcanjo, e eu estou querendo cair fora dessa confusão e ter filhos algum dia. Quero jogos de beisebol, festas de criança, receitas de biscoitos e férias com a família...

— E eu quero ter todas essas coisas com você. — A respiração cálida de Alec despenteava os cabelos na nuca de Eva. — Sabe que quero. Mas não posso deixá-la ter nada disso com outro homem; não quando eu sou o cara que você quer.

— Não posso ter essa vida com você. Não posso nem mesmo ter você.

— Esse é o seu medo falando.

— Não...

— Você está tremendo — Alec observou ironicamente, apertando mais os braços em torno dela. — E eu sei o motivo: está tentando se distanciar. Assim, se algo acontecer comigo, doerá menos.

— Pode me culpar? Demônios e anjos de todas as convicções estão no seu encalço.

— Nós não estamos juntos agora. Ficou mais fácil para você lidar com os riscos de eu ser mortal?

Eva moveu os dedos pelos músculos rijos de cada lado das costas de Alec. *Mais fácil?* Ela não queria deixá-lo sumir de sua vista.

— Não — Eva respondeu.

— Lamentei cada minuto longe de você. Foram todas oportunidades perdidas de felicidade, numa vida que é duríssima. — Alec roçou a boca pela têmpora de Eva. — Depois de lidarmos com a merda com que lidamos todos os dias, quero voltar para casa, para você, e simplesmente ser *eu* por algumas horas. Não está farta de ser uma Marcada em período integral, com absolutamente nada que a faça se sentir humana? Não quer a liberdade de dividir seu mundo com alguém que a conhece e a ama pelo fato de você ser o que é em seus momentos mais íntimos?

— Entendi. — Eva estava deixando sua existência como Marcada dominar tudo o que restara da humana que ela fora um dia.

Tudo o que ela fazia, tanto do lado pessoal como do profissional, tinha como objetivo conseguir de volta sua vida de outrora, o que — até aquele momento — fora apenas uma possibilidade distante. Eva possuía uma família: pai e mãe, uma irmã mais velha e um cunhado, dois sobrinhos, a quem amava loucamente. A ideia de eles envelhecerem e morrerem e ela continuar viva era devastadora. O simples pensar naquilo tornava difícil o ato de respirar. No entanto, isso não era egoísta da parte dela? Eva não seria mais útil para eles como protetora?

— Você terá de arquivar a proposta por algum tempo. — Eva recuou, olhando para ele.

— Nossa! — Alec sussurrou, conhecendo-a muito bem para ficar ofendido.

De todo modo, Eva explicou:

— Você é mortal agora e, até lidarmos com as questões de segurança associadas a essa condição, não serei capaz sequer de cogitar o que você está me pedindo.

— Ainda sei como proporcionar proteção para nós. O poder foi tirado, mas não a habilidade.

Os pensamentos de Eva remontaram aos acontecimentos da véspera e, em seguida, avançaram.

— Zafiel me levou com ele ao encontro do serafim responsável por fazer a limpeza dos Caídos: Adrian. Não consigo imaginá-lo deixando passar um vampiro em seu próprio quintal, principalmente um que vivesse em um lugar como Arcadia Falls, onde os vizinhos são tão amigáveis. Adrian me pareceu muito perspicaz, Alec. De maneira alguma é alguém que eu iria querer irritar.

— É preciso entender Zafiel. Ele tem um problema com os serafins. Por isso, adora ferrá-los, com ou sem motivo plausível. Zafiel acha que eles receberam muito poder, até a ponto de estarem invadindo o espaço dos querubins.

— Que tipo de poder?

— O de promover um Marcado a arcanjo, por exemplo.

— Você. — Eva se pôs a andar de um lado para o outro, o que a ajudava a pensar. — Está me dizendo que isso envolve o trato que você fechou com Sabrael para sua promoção?

A ascensão de Alec a arcanjo teve um preço: ele concordou em prestar algum serviço futuro indefinido para o serafim que o promoveu. Aquela barganha deu a Sabrael uma imensa vantagem sobre todos os outros da hierarquia angelical, pois o serafim tinha sob seu comando a maior arma desde Satanás.

Observando-a, Alec fez que sim com a cabeça.

— A única maneira de me livrar do meu trato com Sabrael era alcançar um nível mais alto da cadeia alimentar, mas tive de tomar cuidado para não me posicionar como o único alvo de retaliação — ele informou.

Eva compreendeu.

— Se você fosse até Deus, Sabrael não poderia descarregar a raiva no Todo-Poderoso. Assim, teria tido de descarregá-la em você.

— Exatamente. Quando soube que Zafiel estava vindo para conversar com Adrian sobre o assassinato de um

Sentinela, garanti que Raguel soubesse que eu não queria mais ser arcanjo. Considerei que ele ficaria muito feliz em achar uma maneira de me fazer cair um ou dois patamares. E se Sabrael se zangasse, poderia discutir o assunto com Raguel.

Alec vinha praticando um jogo perigoso, colocando anjos uns contra os outros, para alcançar seus objetivos. E ele estava fazendo aquilo por ela. Assim, poderia amá-la de novo. Eva fizera de tudo para manter distância entre eles, enquanto Alec, ao mesmo tempo, tentara achar uma maneira de aproximá-los... Mesmo ao custo de seus próprios sonhos de promoção.

Eva secou os olhos lacrimejantes, ciente de que não tinha tempo para ser emotiva se queria manter Alec vivo.

— Então, este é o seu ponto de vista a respeito dos acontecimentos: você quis se livrar da promoção e de sua obrigação com Sabrael e sabia que Gadara e Zafiel fariam isso acontecer. Mas, a meu ver, fazê-lo cair de nível não é suficiente para eles. Agora entendo por que Zafiel me fez dirigir para ele até a casa de Adrian. Naquele momento, achei que ele estivesse apenas querendo humilhar você ou Reed, fazendo-me bancar a motorista. Aí, essa missão surgiu e eu reconsiderei. Quem sabe a intenção de Zafiel tenha sido me mostrar onde Adrian morava ou qual a aparência dele? Talvez houvesse algo que ele desejava que eu visse.

— Ou a pretensão de Zafiel seria insultar Adrian, enviando uma Marcada para fazer um trabalho que um serafim de elite não se mostrava capaz de realizar.

— Ou ainda: era para eu ser vista por alguém que, ao me seguir, encontraria você despojado dos dons de arcanjo que o ajudavam a se manter protegido. — Eva parou de se mover e o encarou. — Adrian Mitchell não vive num esconderijo. Ontem à noite eu o pesquisei no Google, pois sabia que sua casa devia ter obtido alguma divulgação. Descobri que Adrian é dono da Mitchell Aviation, uma das maiores empresas aeronáuticas do mundo. Ele foi capa da revista *Forbes* e sua residência foi exibida em dezenas de publicações de arquitetura. Os Caídos sabem muito bem onde ele mora. E, se são espertos, estão vigiando a propriedade.

— Portanto, estamos esperando a bomba estourar. Enquanto isso, case-se comigo, anjo. — Ele cruzou os braços.

— Alec... — Eva suspirou e recomeçou a andar de um lado para o outro. — Está prestando atenção ao que estou dizendo?

— Algumas coisas ainda são sagradas. O casamento é uma delas. Independente do que vier a acontecer daqui em diante, ninguém poderá quebrar os votos feitos perante Jeová.

— Vamos nos casar antes que eu morra e perca a oportunidade? É isso o que quer dizer?

O sorriso de Alec era de tirar o fôlego.

— Você sabe que sou muito valioso para ser morto ou eu já estaria morto. Pode ser que queiram me ver algo melindrado, para se divertirem com isso, mas é só.

— Já sou um grande peso para você. Se eu mudar de status, passando de "casinho" para "esposa", a situação só irá piorar.

— Você jamais foi só isso para mim, e todos sabem muito bem. — Alec segurou Eva quando ela passou por ele. — Neste exato momento, não podemos adivinhar se Sabrael me promoverá de novo ou não. Nem impedir Raguel de infernizar você para me irritar. E muito menos evitar que Zafiel nos use como isca. Eles têm todo o poder agora, mas se nós dois assumirmos um compromisso mútuo que ninguém será capaz de quebrar, deixará de ser assim. Se Sabrael voltar a me promover, ele não poderá subtrair meu amor. Se Raguel quiser brincar com você, terá de pensar duas vezes, pois interferir num casamento é muito mais complicado. E Zafiel não permitirá que nada lhe aconteça, por saber da censura que terá de enfrentar por parte de Jeová.

— Nesse caso, os votos de casamento suplantam ou têm prioridade em relação a tudo?

— Sempre. — Alec a soltou. — Me atrasei para chegar aqui hoje porque parei na casa do seu pai para conversarmos. E ele me deu sua bênção.

Eva foi até a lareira e notou a tonalidade azulada no centro da chama, a mesma que vira nas íris do querubim e do serafim. Naquele momento, o tom pareceu mais sombrio, como tudo ao redor dela, exceto Alec. A perda da marca alterava tudo — era como escutar embaixo d'água, sentir o toque usando luvas, cheirar estando com congestão nasal. Talvez ela se adequasse à perda da sensação aguçada após algum tempo, mas, por ora, sentia-se desconectada e mal-humorada. Seria necessário mais tempo para Eva ter certeza, mas resignara-se ao fato de que tinha ultrapassado um ponto crítico em algum momento e não podia voltar atrás. Sem a marca, ela teria de se manter atenta o tempo todo e desconfiar de todos com quem cruzasse, na dúvida de se era ou não um Demoníaco, pois não possuía mais os sentidos requeridos para identificá-lo.

Eva escutou Alec se aproximando por trás. Ele pôs as mãos em seus ombros e a virou com delicadeza.

Gemendo, ela baixou a cabeça, apoiando-a no ombro dele.

— Preciso falar com Reed, Alec. Isso está acontecendo muito rápido e ele precisa saber de tudo.

— Reed sabe. Se acha que ele evita espreitar por polidez, está completamente enganada. Admito que você talvez seja a única pessoa com a qual ele se preocupou mais do que consigo mesmo, mas isso não é problema seu. Você não tem de ser a única esperança que Reed tem de ser feliz. Ele tem de solucionar isso sozinho.

— Não acho que você o conheça tão bem quanto eu.

— Sei que eu o mataria de novo antes de deixar que ele ficasse com você — Alec afirmou, furioso. — Veja se ele faria o mesmo antes que você proferisse seus votos para mim.

— *Reed* — Eva chamou —, *fale comigo, por favor. Precisamos discutir isso.*

Eva aguardou por um bom tempo, mas Reed não respondeu.

Alec se pôs sobre um joelho e Eva sentiu um nó na garganta. Ela se esqueceu de respirar até que o recinto começou a girar. Então, ela aspirou o ar com força. Alec estendeu a mão até o bolso traseiro da calça e tirou uma caixinha. Quando ele a abriu, Eva cobriu a boca com a mão. Um diamante com lapidação princesa situava-se no interior de uma faixa simples de platina. Com cerca de dois quilates, a joia correspondeu tão perfeitamente ao gosto de Eva que ela teve vontade de chorar. Sua reação ao anel foi tão violenta quanto a que ela teve na noite anterior, mas por um motivo muito diferente.

— Anjo, você gostaria...

— Sim.

5

O TELEFONE TOCOU MENOS DE CINCO MINUTOS depois de Eva ter deixado uma mensagem com a secretária de Adrian Mitchell. Ela atendeu imediatamente e sentiu um calafrio ao som da entonação suave e quente do outro lado da linha. O poder que Adrian exercia provocava uma reação tangível, mesmo sem seus sentidos aguçados por causa da perda da marca.

— Eva? Adrian Mitchell.

— Tudo bem? Olha, nós nos metemos em apuros. — Em seguida, Eva explicou como Zafiel a despojou da marca. Não mencionou a falta de poder de Alec, pois temia pela segurança dele. *Se algo acontecesse a Alec...* — Portanto, seria muito bom obtermos alguma ajuda.

— Já tenho alguém cuidando disso, embora duvide que Caim precise de uma mãozinha.

— Sério?! — Eva notou Alec arquear as sobrancelhas, curioso. — Você me seguiu?

— Claro. A troca para o jipe nos confundiu um pouco, mas, óbvio, eu teria encontrado você de qualquer jeito — ele afirmou, debochado. — Disseram-me que você era agnóstica, mas tenho certeza de que, a esta altura, já aprendeu que algumas coisas se resolvem contra todas as probabilidades.

Como Eva estava vivenciando aquela realidade naquele momento, não podia discordar.

— Obrigada.

— Por nada. Você acabou ficando presa no meio de um jogo pesado que não tem nada a ver com a sua pessoa.

— Pois é. Isso acontece muito comigo...

PASSAVA UM POUCO DAS SEIS DA TARDE QUANDO Alec tocou a campainha da casa de Terri Anderson. O cheiro do churrasco na grelha e os sons das conversas e das risadas tinham começado meia hora antes, mas Eva e Alec resolveram dedicar algum tempo a deixar a casa pronta para quaisquer visitantes indesejados.

A porta se abriu, revelando Pam, muito elegante numa calça cápri branca e blusa verde-sálvia, que combinava com seus olhos.

— Olá! Vamos, entrem. Terri está na cozinha cuidando de tudo.

Eva trazia uma garrafa de vinho, e Alec, um miniengradado com meia dúzia de cervejas.

— Meu tipo preferido de vizinhos. — Pam sorriu largo. — Venha por aqui, Eva. Alec, se você quiser ir lá para fora, é onde os homens estão.

Eva seguiu Pam da sala de estar até a cozinha. Enquanto isso, Alec se encaminhou para a porta corrediça de vidro que levava ao pátio dos fundos.

— Acho que consigo dar uma passada na sua casa amanhã, Eva. — Pam a fitava com entusiasmo. — Recebi um novo catálogo e algumas amostras incríveis.

Lembrando-se de que Pam vendia cosméticos, Eva assentiu. Sem dúvida, Pam conhecia muitos moradores do Arcadia. Talvez ela usasse seu trabalho de revendedora como cobertura para um propósito mais secreto. Se assim não fosse, Eva poderia usar a relação delas para fazer isso.

— Claro. Eu adoraria que você aparecesse. Mas terá de me desculpar pela bagunça.

— Posso ajudá-la enquanto Jesse estiver na escola.

— Obrigada. Seria ótimo.

Elas adentraram a cozinha e logo avistaram Terri junto a uma grande ilha revestida de granito, preparando uma salada.

— Gostando da nova casa? — ela perguntou a Eva.

— Estamos empolgados.

Jesse ergueu os olhos da tarefa de cortar morangos e sorriu. Em seguida, dirigiu o olhar para a porta dos fundos ansiosamente, como se preferisse estar lá.

— Posso pegar um saca-rolhas? — Eva perguntou. — Preciso deixar este Merlot respirar um pouco.

Terri projetou o queixo para indicar a direção.

— Há uma adega na sala de TV. Lá estão todos os acessórios: taças, enfeites para copos, saca-rolhas...

Ao se dirigir à sala de TV — muito fácil de achar, pois as plantas baixas eram todas parecidas —, Eva fez questão de examinar a residência. Ela não tinha ideia do que procurava, mas detectaria algo estranho se o visse.

Eva acabara de localizar o saca-rolhas numa gaveta quando Tim entrou.

— Olá — ele a saudou.

— Oi. — Eva notou que Tim parecia diferente, e logo descobriu por quê. Seus olhos tinham perdido a cor azul e agora eram de um cinza atenuado; isso a fez lembrar do quão opacas as íris de Zafiel ficaram após ela perder a marca.

— Eu queria muito encontrá-la sozinha.

A maneira como Tim a abordou a pôs em alerta. Ele a fitava com avidez e o ritmo de seus passos — leves e começando nos calcanhares — era basicamente predatório.

Embora Tim estivesse vestido de modo inócuo, com bermuda azul e camiseta branca folgada, Eva mudou sua postura e a posição do saca-rolhas em sua mão. Podia não ter mais a velocidade e o poder de uma Marcada, mas ainda sabia como lutar.

Tim sorriu.

— Temos um conhecido em comum.

Eva absorveu aquilo.

— Ah, é?

— Adrian.

Ela inclinou a cabeça para um lado.

— Asas ou pelos?

— Certamente sem pelos. — Tim balançou o dedo para ela. — Tome cuidado com quem você chama de licantropo. Aqueles que não são ficam ofendidos.

— Entendido. Como você se sai com o saca-rolhas? Fiquei conhecida por meter a rolha no vinho.

Tim foi até o outro lado da adega, assumiu o comando e retirou com habilidade a rolha da garrafa.

Enquanto isso, Eva percorreu o cômodo com o olhar, notando a mesma falta de adornos na parede que percebera na sala de estar. Era quase como se os Anderson ainda não tivessem se instalado na casa nova... ou estivessem prontos para se mudar às pressas para outro lugar.

— Há quanto tempo Terri mora aqui? — Eva quis saber.

— Nem imagino. Acabei de chegar.

— Sua residência no condomínio é permanente? Ou você ficará só por enquanto?

— Nada é permanente. — Tim jogou a rolha no lixo e lavou o saca-rolhas antes de devolvê-lo à gaveta. — Eu chego, busco aquilo que vim buscar e caio fora.

— Sei muito bem o que é isso.

— Estou surpreso com o envolvimento de Caim num negócio de Adrian.

— É minha culpa. Eu me meti nisso e estou voando às cegas. Nem mesmo sabia que os Vigilantes, os Caídos, os vampiros... o que seja... estavam por perto até ontem à noite. Ainda tentava me atualizar. E como Alec é meu mentor, ele também tem de me seguir de perto.

— Ele parece um pouco mais envolvido do que isso.

— Sim. — Eva sorriu, mas decidiu preservar sua vida pessoal. — É complicado.

— Por isso eu trabalho sozinho. — Tim encheu meia taça de vinho e se sentou diante dela.

Por um instante, Eva brincou com a haste da taça e, em seguida, perguntou:

— Por que estamos aqui em Arcadia Falls? De alguma maneira é a área ligada à caça?

— Tudo o que sei é que se o vampiro se encontra na comunidade é porque Adrian, Raguel e Caim estão comandando suas operações de Anaheim. Assim, há uma grande concentração de anjos na área. Como esta propriedade pertence a Raguel, talvez o vampiro ache que suas chances de capturar um anjo aqui sejam maiores. Quanto a você... pode ser que Raguel saiba algo sobre este local que despertou suas suspeitas.

— Será? Ele gosta de omitir de mim informações fundamentais. — Eva tomou um gole de vinho e se surpreendeu ao sentir calor quando o álcool entrou em sua circulação. A marca impedia que substâncias psicoativas tivessem algum efeito.

— Você sabe por que o sangue angelical tem uma demanda tão grande?

— Não, mas dá um barato, como uma droga, ou melhora os poderes, pois está alcançando um preço altíssimo no mercado negro.

— Era de se esperar, considerando o risco.

— Não há risco para você. — Tim assumiu uma expressão severa. — Estou cuidando de sua segurança.

— Isso é ótimo. Obrigada. Você tem alguma pista?

— Andei observando Jesse. Sei que, atualmente, a série *Crepúsculo* é a última moda entre os jovens, mas ela talvez esteja imitando outra pessoa com aquelas facetas de porcelana. Uma de suas namoradas? Ou um namorado, talvez? Tentei descobrir com quem ela se relaciona. Porém, é difícil fazer perguntas sobre uma garota daquela idade e não parecer um pervertido.

— Posso ajudá-lo nessa tarefa.

— Eu esperava que você dissesse isso.

— De todo modo, ficaremos mais cautelosos a partir de amanhã à noite — Eva improvisou, dando os primeiros passos na direção da porta. — Acabamos de nos mudar; duvido que alguém venha atrás de nós imediatamente.

Tim a acompanhou.

— Concordo. Há os afobados e há os estúpidos. Acho que nossa sorte não é grande o suficiente para estarmos lidando com os últimos.

— Não mesmo. — Eva sorriu para ele. — Pelo menos os vizinhos são agradáveis.

ERAM TRÊS DA MANHÃ, A HORA DO DIABO, quando Eva soube que sua casa tinha sido invadida. O sistema de alarme estava ligado e silencioso e todas as portas e janelas tinham sido trancadas, mas ela sentiu a perturbação na pele arrepiada dos braços.

Eva posicionou as pernas na lateral da cama e olhou para Alec, que se reclinou contra a cabeceira ao lado dela. Os dois se entreolharam e Alec pegou a mão de Eva, com o braço flexionando numa exibição graciosa de músculos firmes e torneados. Ele ofereceu um sorriso tranquilizador, mas que não alcançou seus olhos. Alec estava preocupado com Eva. Ela queria que ele estivesse mais preocupado consigo mesmo.

Eva se ergueu e caminhou descalça até a porta aberta do quarto. Usava uma roupa que lhe dava grande liberdade de movimento: calça de flanela folgada e bustiê com alcinhas. Preferia estar calçando suas botas reforçadas, mas os dois precisavam que seu visitante estivesse tão descuidado quanto possível. Eva e Alec eram mortais tentando capturar um imortal. Assim, necessitavam de toda a ajuda que pudessem conseguir.

A luz da lua penetrava pelas janelas do quarto de hóspedes, proporcionando iluminação suficiente para Eva se mover sem medo de esbarrar em algum móvel. Isso não significava que ela não receasse que algo acontecesse com Alec enquanto ela estivesse incapaz de protegê-lo. Seu coração pulava no peito e as palmas de suas mãos estavam úmidas; reações físicas que uma Marcada teria impedido. Ela sentiu falta do impulso de agressão e da sede de sangue que vinham da marca e também dos sentidos aguçados que teriam lhe permitido escutar ruídos insignificantes e farejar sua presa.

Uma sombra se projetou pelo patamar da escada na frente dela. Eva se deteve e fez o que combinara com Alec.

— Olá? — ela sussurrou. — Tem alguém aí?

Do quarto, Alec fingiu um bocejo sonoro e gritou:

— Anjo? O que você está fazendo?

— Nada. Pegando água.

Jesse se materializou diante de Eva, uma figura esguia, vestida de preto, com uma adaga de lâmina serrilhada na mão. Ela pôs um dedo sobre os lábios e, em seguida, sorriu, expondo os caninos.

Um sopro de ar contra a nuca de Eva a fez se voltar a ponto de ver Pam entre ela e o quarto principal, com sua figura miúda encurvada de um modo anormal. Seus dedos estavam esticados e curvados, revelando grossas garras. Eva dirigiu o olhar para o rosto da mulher e notou um rosnado feroz e caninos pontudos.

Jesse emitiu um ruído suave para chamar a atenção de Eva. Em seguida, acenou com a adaga.

Quando Eva tornou a se mover, sentiu de novo os pelos dos braços se arrepiarem e a respiração acelerar. Achava-se a um passo de distância de alcançar o patamar da escada quando um braço se projetou de um dos quartos de hóspedes, agarrando-a pelo bíceps e puxando-a para trás.

— Cai fora, vadia! — Tim disse, asperamente.

Eva não tinha ideia se ele se dirigira a Jesse ou Pam, nem teve tempo de pensar nisso, porque Tim passou o braço em torno de seu pescoço e ela sentiu as unhas bastante afiadas na extremidade dos dedos dele.

A adolescente soprou uma bola de chiclete e a estourou.

— E agora? — Jesse perguntou.

Pam soltou um rosnado, com o olhar se movendo rapidamente de um lado para o outro.

Alec apareceu na porta do quarto principal, se apoiou no batente e cruzou um tornozelo sobre o outro, dizendo:

— Qual de vocês quer ser o primeiro a levar um chute na bunda?

Jesse olhou para Tim. Eva o sentiu se mover. Então, um saco plástico e um tubo passaram por ela, ziguezagueando pelo ar, lançados pela mão livre de Tim rumo à adolescente. Jesse pegou os objetos com habilidade.

— Tire o sangue dele — Tim ordenou.

Eva não esperara por aquilo. Ela olhou para Pam.

— Você está com eles?

O som que saiu da garganta da outra mulher era angustiante.

Ao fitar Alec, Eva se deparou com uma expressão indefinida em seu rosto. Sob pressão, ele era melhor no blefe do que ela, pois tinha muita prática. No entanto, Alec não olhava para Eva. Ela sabia que tê-la completamente vulnerável e nas mãos de um vampiro era algo que o impediria de agir com frieza. Alec perderia o controle e aquilo colocaria Eva em mais risco ainda.

— Não são facetas, não é mesmo, Jesse? — Eva perguntou.

— Não.

— Jesse... — A voz de Pam soava áspera como uma lixa. — Por quê?

— Porque eu quis. — E a garota retomou seu movimento na direção de Alec.

Pam bloqueou a passagem da filha.

— Não posso deixar que você toque nele, Jess.

— Não pode?! — a adolescente gritou, ao mesmo tempo furiosa e lamentosa. — Porque Adrian ordenou que você fosse um cãozinho bonzinho e o obedecesse? Ele que se dane, mãe! Danem-se todos os Sentinelas! Nós temos o direito de fazer o que quisermos!

— Nós temos a responsabilidade de fazer a coisa certa.

— Qual é a "coisa certa"? Protegê-lo? — Jesse apontou para Alec. — Proteger os outros anjos que nos tratam como animais? Só porque nossos ancestrais rastejaram de volta para os Sentinelas e se tornaram cães de trabalho, não significa que estamos presos à escolha deles. Ainda podemos nos juntar aos Caídos. Ainda podemos ser imortais.

— Eu ficaria feliz em mudá-la, Pam — Tim sussurrou. — Os licantropos assumem melhor a Mudança do que os mortais. Você gostará disso.

Tim soou muito presunçoso para o gosto de Eva e como já escutara o suficiente, ela chutou as bolas dele com força. Vampiro ou não, os testículos sempre foram um bom alvo. Tim urrou e cambaleou para trás. Surpresa, Jesse baixou a guarda. Pam atacou a filha, caindo no chão exatamente quando Alec saltou sobre elas.

Eva manteve-se perto da parede, abrindo espaço para Alec.

Lançando-se contra o vampiro, Alec o atirou contra a parede. Eles se agarraram. Viraram combatentes, só discerníveis como um turbilhão de movimento violento no escuro. Então, um corpo foi arremessado sobre a cama, indo de encontro à porta do armário, numa explosão de madeira arrebentada.

Uma figura intrometeu-se na luz da lua, inclinando-se na janela. O rosto de Tim se revelou, com seus belos traços deformados pelo vampirismo e pela fúria. Eva se curvou, preparada para uma desgraça.

O som abafado de uma arma com silenciador fez Eva cair no chão. De olhos arregalados, ela viu o corpo de Tim irromper em chamas. Ele se contorceu, com suas garras arranhando a parede como um louco desesperado. Sua carne fritou, soltando-se dos ossos e caindo no chão em pedaços flamejantes.

Uma mão estendida surgiu na linha de visão de Eva, despertando-a de sua terrível fascinação. Ao erguer o olhar, ela reconheceu o guarda da porta da casa de Adrian.

— Adrian me enviou para ajudar Pam — ele explicou.

— Esqueci o quanto dói quando somos mortais — Alec comentou, saindo das ruínas do armário.

— Adrian não mencionou essa parte — o guarda disse, surpreso, ajudando Eva a ficar de pé.

— Eu não falei para ele.

O que se revelou uma boa coisa, pois se Adrian soubesse, teria dito a Pam, que por sua vez teria contado à filha, que sem dúvida teria informado a Tim.

Pam...

Eva disparou pelo corredor e acionou o interruptor de luz. A súbita iluminação revelou paredes com respingos vermelhos. Jesse, deitada de costas, arfava. Metade de sua garganta estava ausente. O sangue jorrava em pulsações rítmicas de seu pescoço mutilado, espalhando-se pelo piso numa poça densa, cintilante. Perto dela, Pam, estendida, com os olhos abertos e cegos. O cabo da adaga de Jesse projetava-se de seu coração.

O guarda se juntou a Eva. Usando mocassim, calça de sarja e suéter com gola em V, ele parecia muito refinado e poderoso para ser o animal doméstico de alguém. Erguendo o braço, apontou a arma para Jesse.

— Sua mãe vai fazer falta — o guarda afirmou.

— Vá pro inferno, cão licantropo! — Jesse gorgolejou, com o sangue escorrendo do canto da boca. — Diga a Adrian... Nós duas estamos livres.

O guarda puxou o gatilho.

— A SENHORITA É COMO UM TORNADO. — RAGUEL olhava para Eva. — Sempre deixa um rastro de destruição e caos por onde passa.

Alec esboçou um sorriso irônico. Naquele momento, eles se comprimiam no quarto de hóspedes mais próximo do patamar da escada do andar superior. Zafiel estava sentado na cama e Eva, ali perto, postava-se ao lado de Raguel. Alec se acomodou num canto para apreciar o espetáculo. Ninguém irritava Raguel como Eva.

Alec observou o arcanjo apontando, em sequência, para o sangue no corredor, para o armário destruído e para as marcas de queimado que escureciam a parede toda arranhada.

— Ei, eu não fiz nada disso! — Eva reclamou.

— Você promoveu esse confronto, não?

— Nãããooo... O senhor e Zafiel promoveram essa bagunça. — Eva encarou o querubim. — O que imaginou que fosse acontecer quando o vampiro viesse atrás de nós?

— Espero que você e Caim arrumem essa bagunça — Raguel afirmou. — Como preciso que ambos permaneçam disfarçados para gerenciar a reação da vizinhança à rápida partida misteriosa de três moradores ao mesmo tempo, vocês poderão supervisionar os reparos nesse ínterim.

— Obrigado por sua ajuda — Zafiel agradeceu, antes de partir.

Raguel se dirigiu à porta.

— A senhorita pode usar sua conta de despesas para pagar os reparos necessários. Acho que levará algumas semanas para consolidar seu disfarce e acomodar os outros moradores. Falarei com Abel sobre removê-la da rotação durante esse tempo.

O arcanjo partiu tão rápido quanto o querubim.

— Só isso? — Alec franziu o cenho. — Em geral, Raguel gosta de nos repreender por pelo menos hora.

— Eu sabia... — Eva meneou a cabeça. — Toda a coisa foi muito conveniente. Tudo correu muito rápido. Muito fácil.

— Fale por você, anjo. Vê-la nas mãos de um dos malditos Caídos quase me matou.

— Não recebemos de volta nossas marcas. — Eva fitou Alec com certa melancolia. — Ainda somos mortais.

Ela começou a andar de um lado para o outro, o que significava que estava refletindo profundamente.

— O que foi, anjo? — Alec perguntou, odiando vê-la angustiada. — Ainda preocupada comigo?

— Quando perdemos todos os bônus da marca, também perdemos todas as restrições?

— Espero que sim. Estou precisando de um drinque imediatamente.

Eva bufou.

— Alec, Tim se revelou. Por quê? Pam era o apoio a que Adrian se referiu por telefone e ela não fez isso. Tim era aquele por quem procurávamos e ele logo se aproximou de mim, no churrasco de Terri. E disse que trabalhava sozinho. Se ele fosse um dos serafins de Adrian, teria um ou dois licantropos a sua disposição em algum lugar. Tim não iria supor que eu soubesse disso?

— Continue.

— Se Tim quisesse sua alma de volta... Se seu desejo fosse voltar para o Céu após todos esses anos na Terra sugando sangue, faria um trato com um anjo para conquistar seu caminho de volta às boas graças de Deus?

— Talvez. — Alec respirou fundo. — Mas qual a vantagem disso para Raguel ou Zafiel?

Estacando, Eva encarou Alec com decisão.

— Você e eu sozinhos numa casa por um mês sem nenhuma marca entre nós. Sem nenhuma restrição ao funcionamento normal da fisiologia masculina e feminina. O curso natural dos acontecimentos levaria a que, se Deus assim o quisesse?

Quando o entendimento tomou conta de Alec, ele emudeceu. Precisou de um tempo para recuperar a voz:

— Anjo...

COM O CORAÇÃO AOS PULOS, EVA SENTIU FALTA de ar, chegando à beira do pânico. O rugido de seu sangue circulando era quase ensurdecedor. Ela sentia como se estivesse parada na beira de um penhasco, tomando coragem para pular.

O sorriso repentino e ligeiro de Alec afetou o equilíbrio dela. Era um sorriso jubiloso, escandalosamente sedutor, que fez os joelhos dela fraquejarem. Alec era deslumbrante, admirável e estava apaixonado por ela. Ele também era o fiscal principal de Deus, matava demônios para se sustentar e tinha uma ex-mulher do Inferno... Literalmente. Mas que homem não tinha suas falhas? A mãe de Eva sempre lhe disse que a questão não era encontrar o homem perfeito, mas sim encontrar um cujas falhas fossem toleráveis.

Também havia o fato de que Alec era o único homem com quem Eva sonhara ter filhos. Se um filho fosse tudo o que eles pudessem conseguir como resultado daquela bagunça de Marcados, demônios e anjos, ela se consideraria bem-aventurada pela primeira vez na vida.

— Podemos muito bem tentar — Alec afirmou, com uma rouquidão que denunciou como a ideia o afetou. Ele se aproximou de Eva e a puxou para si. Suas mãos não estavam firmes.

— Algumas pessoas têm medo de trazer filhos a este mundo ferrado. — Eva não conseguiu disfarçar o tremor na voz. — Estamos falando de trazer uma criança ao Inferno na terra. Além disso, estaríamos dando a Raguel e a Zafiel o que eles querem. Não temos ideia de quais podem ser os motivos deles, quais as suas intenções...

— Vamos em frente! — Alec não conseguia mais conter a empolgação. — Estamos dando a nós o que queremos, anjo.

Poderemos lidar com tudo o que for preciso quando chegar a hora.

Eva sentiu a tensão desaparecer, deixando-a leve. Ela se aproximou dele e o abraçou com força.

— Quem disse que não podemos ter tudo? — Alec beijou-lhe a testa.

ELES DECIDIRAM SE CASAR NA RESIDÊNCIA, POIS era rápido e havia uma cama por perto. Alec chamou Muriel, um mal'akh que ambos conheciam e em quem confiavam, para oficiar a cerimônia. Eva pediu para o anjo trazer-lhe um vestido branco de crochê, leve e simples, do armário de seu apartamento, mas falou para Alec permanecer do jeito que estava — que era exatamente como ela o queria. Nenhuma formalidade era necessária.

Quando Alec protestou, Eva explicou que eles teriam de casar de novo para a família dela e para os amigos. Então, ele poderia usar um smoking. Naquele momento, a pressa tinha grande importância. Finalmente, ela tomara uma decisão e estava pronta para dar prosseguimento ao seu novo estilo de vida, aceitando seu destino de Marcada e se alegrando com o que conseguisse a partir daquele fato. Era ótimo tê-la no sistema de Marcados, pois isso beneficiava a todos. Chegara a hora de Eva também obter algo como resultado disso e casar-se com o homem que ela amou por toda a vida, com um anjo oficiando a cerimônia, era tudo o que qualquer garota poderia querer...

A não ser pelo término da relação com o homem do qual ela se afastava antes mesmo de eles terem começado algo alguma vez.

No entanto, Reed a vinha ignorando. Qualquer que fosse o motivo dele, porém, eles mereciam uma despedida e uma tentativa de separação sem rancor. Reed era seu mentor, o mal'akh responsável por designá-la para as caçadas. Eles trabalhariam juntos indefinidamente e também compartilhariam pensamentos e emoções por muitos anos futuros.

Pela janela do quarto com vista para o pátio dos fundos, Eva escutou Alec e Muriel dando risada. Alec pareceu muito jovial e tranquilo quando ela aceitou seu anel. Por sua vez, Eva teve toda a certeza de que aquela era a atitude certa a tomar. Todas as dúvidas foram deixadas de lado, o que lhe deu uma sensação de liberdade que não experimentava desde quando fora marcada.

Como a casa seria deles ainda por algumas semanas, Eva pretendia viver todos os seus antigos sonhos naquele espaço limitado de tempo, aproveitando ao máximo cada momento. Então, ela e Alec criariam novos sonhos para combinar com sua nova vida.

Virando-se, Eva deu uma última olhada em sua aparência no espelho. Ao ver o homem refletido nele, ela quase caiu para trás.

— Que susto! — ela gritou, erguendo a mão para proteger o coração disparado.

Sem sorrir, Reed sentou-se na beira da cama com as pernas bem estendidas e os cotovelos repousando nos joelhos. Usando calça e camisa pretas, parecia estar de luto. O olhar era duro e desprovido de qualquer emoção.

— Você é uma bela noiva — Reed disse sem inflexão.

Eva o encarou. Era fácil falar que não havia nada permanente entre eles quando estavam distantes. Porém, quando tinha de lidar com a presença de Reed, a atração era inegável.

— Obrigada. De repente, sinto-me uma bosta.

— Não! Danem-se as dúvidas, as culpas e todas as outras merdas que sinto revolvendo ao seu redor. Dê a esse casamento tudo o que você conseguiu. Você quis Caim, e agora ele é seu. Aproveite.

Ela pretendia aproveitar, mas aquela não era a questão.

— Não seja sarcástico. Isso me atormenta.

— Eu não me atormento com isso. — Reed se dirigiu até ela e parou bem a sua frente. — Estou falando sério. Não terei o que quero de você até que chegue ao fim do caminho com ele. Tenho todo o tempo do mundo. Posso esperar.

— Nós estamos nos casando, Reed.

— Vocês são obrigados a se casar. Só me dei conta disso ontem à noite. — Reed lançou-lhe um olhar tanto mordaz quanto zombador.

— Reed...

Ele agarrou a mão direita de Eva e empurrou o anel de noivado de diamante rosa sobre a articulação do dedo anular. O ajuste foi mais apertado na mão dominante. Não de modo desconfortável, mas o suficiente para deixá-la bastante consciente da presença da joia.

— Caim me devolveu o anel, mas é seu — Sem demora, Reed soltou a mão de Eva, como se ela o queimasse, e recuou. — O casamento não é um contrato indissolúvel, Eva. Meu irmão já foi casado antes.

Com o punho cerrado, Eva testou o peso da grande pedra preciosa.

— Tenho algo que você precisa e quer. — Reed deu de ombros. — Não sei dizer com certeza o que existe entre nós, mas sei que não é o fim. Nós dois somos um assunto inacabado. Você não será capaz de viver com isso para sempre. Garanto que algum dia voltará para mim, Eva. E quando isso acontecer, nós saberemos que você está pronta.

Eva abriu a boca para responder, mas Reed desapareceu. Estava ali em um momento, e longe no seguinte. Tão fugaz quanto fumaça, exatamente como ele sempre foi.

Ela respirou fundo e sentiu um grande peso sair de seus ombros. Reed lhe oferecera uma espécie de bênção, algo que ela não tinha se dado conta de que queria receber. E Alec estava certo: Reed não oferecera resistência. Aquilo dizia mais do que muitas palavras.

Eva deixou o quarto com os pés descalços e desceu correndo a escada rumo ao seu futuro.

O movimento das ondas é importante, minhas amigas, mas não é tudo. O tamanho do barco não deve ser desprezado.

E eu tenho os dois de sobra. Na verdade, eu tenho TODOS os atributos. Boa aparência, inteligência, dinheiro e um grande instrumento.

Você deve estar pensando que sou um cretino. É o que parece? Sou sexy como o pecado, rico como o paraíso, esperto feito o diabo e muito, muito bem-dotado.

Mas você ainda não conhece a minha história. Eu ganhei fama de playboy em Nova York. Talvez eu seja mesmo. Mas a verdade é que sou um grande cara. E isso me torna muito especial.

O único problema é que meu pai me pediu para manter a discrição por algum tempo. Um empresário tradicional pretende comprar nossa joalheria e ele quer não apenas que eu mantenha o zíper da calça fechado, mas que também finja que sou um cara comprometido. Tudo bem, eu posso fazer isso. Afinal, sou grato por ter herdado dele esta joia de família. Então, pedi para a minha sócia e melhor amiga, que se passasse por minha noiva por uma semana. Charlotte topou. Ela tem seus próprios motivos para querer encarar esse desafio.

E, em pouco tempo, toda essa encenação de noivado em público nos levou a aventuras bem reais, na cama, porque simplesmente não há fingimento nenhum nos orgasmos alucinantes que Charlotte tem quando transamos. Orgasmos que a fazem gemer até quase desmaiar. Sim, eu sei como levar essa mulher às alturas entre os lençóis.

Mas não posso negar que começo a sentir algo real e diferente com ela.

Droga! Em que confusão essa minha cabeça está me metendo?

Spencer.

LAUREN BLAKELY

BIG ROCK

Tradução
FABIO MAXIMILIANO

FARO EDITORIAL

Prólogo

MEU INSTRUMENTO É SIMPLESMENTE SENSACIONAL.

Você não precisa acreditar no que eu digo. Apenas considere todas as qualidades que ele exibe.

Vou começar com a mais óbvia: o tamanho.

É claro que algumas pessoas dirão que tamanho não importa. Pois permita que eu lhe diga uma coisa a respeito disso: *elas estão mentindo.*

Você não vai querer um diamante minúsculo no dedo se puder ter um de três quilates. Não vai querer uma nota de um dólar se puder ter uma de cem. E não vai querer cavalgar pelos campos sobre um pônei se puder escolher o maior e mais garboso de todos os garanhões.

Por quê? Porque os grandes são os melhores. E proporcionam mais diversão. Pergunte a qualquer mulher que já tenha pronunciado a terrível frase: "Já está dentro?".

Nenhuma mulher jamais teve de me perguntar isso.

Você deve estar se questionando agora: "Mas qual é o tamanho dele?". Vamos com calma. Um cavalheiro não revela essas coisas. Eu posso ser mestre na arte de trepar, mas também sou um cavalheiro. Eu abro as portas do seu coração antes de abrir as suas pernas. Eu puxarei a cadeira para você se sentar, tirarei seu casaco, pagarei o jantar e a tratarei como uma rainha, na cama e fora dela.

Mas eu entendi. Você quer uma imagem para preencher sua mente. Uma escala, uma medida em números para poder saborear. Vamos lá. Imagine o tamanho dos seus sonhos. Pois bem: é pequeno perto do meu.

E quanto ao aspecto? Vamos ser honestos. Alguns pênis são feios como o diabo. Você sabe do que eu estou falando, por isso não vou me aprofundar no assunto. Para ter um vislumbre do presente que me foi dado pela natureza, quero apenas que você pense nas seguintes palavras: longo, grosso, liso, duro. Se os mestres do Renascimento vivessem hoje e produzissem esculturas de pênis, o meu serviria de modelo para todas elas.

Porém, falando com completa sinceridade, nada disso teria valor se ele não possuísse o atributo mais importante de todos.

Desempenho.

No fim das contas, o valor do pênis deveria ser medido pelo número de orgasmos que ele proporciona. Não estou falando de orgasmos simulados, estou falando de orgasmos múltiplos e devastadores, que fazem a mulher se arquear toda, perder o controle, trincar janelas... Explosões de prazer que a enlouquecem.

Quanto prazer a minha vara é capaz de dar? Não vou entrar em detalhes de um terreno tão íntimo, mas posso dar uma pista: meu membro tem um currículo impecável.

Pena que agora ele tenha que tirar férias forçadas. Isso é uma grande merda.

Cápitulo 1

OS HOMENS NÃO ENTENDEM AS MULHERES.

Isso é incontestável. Uma realidade da vida.

Esse cara, por exemplo. O sujeito que está no meu bar, com o cotovelo apoiado sobre o balcão de metal na melhor pose: *"Ei, vejam como sou descolado"*. Ele está alisando seu grande bigode e agindo como se fosse o melhor ouvinte do mundo enquanto conversa com uma morena gostosa, que está usando óculos vermelhos de armação quadrada. Só que o cara não tira os olhos dos peitos dela.

Sim, certo, a morena tem belos peitos. Belos e fartos. Um verdadeiro festival de luzes e cores para olhos masculinos.

Mas olhem só o que esse cara está fazendo.

Os peitos da garota não vão falar com você, amigão. Se você não olhar para os olhos dela, que estão um pouco mais acima, ela vai virar as costas e se mandar.

Encho um copo de cerveja para um de nossos clientes, um homem de negócios que costuma aparecer uma vez por semana. Ele parece bem cansado e, pelo menos no que diz respeito a bebidas, eu posso ajudá-lo.

— Essa é por conta da casa. Divirta-se — eu digo, deslizando o copo na direção dele.

— Essa é a melhor notícia que recebi hoje — o cliente diz com um sorrisinho de satisfação, antes de engolir metade do copo de uma só vez e tirar do bolso uma gorjeta de três dólares. Legal! Os garçons daqui, que dependem de gorjetas, vão gostar disso. Mas Jenny precisou sair às pressas porque a irmã dela teve uma crise ou coisa parecida, então eu estou atendendo os últimos clientes, enquanto minha sócia, Charlotte, cuida da contabilidade.

Quando o bigodudo chega mais perto da garota de óculos vermelhos, ela se afasta, balança a cabeça, agarra a bolsa e vai embora.

É isso aí. Eu dificilmente erro quando se trata de adivinhar se um homem vai se dar bem ou não. Na maior parte das vezes, as chances definitivamente não estão a favor dos caras, porque eles cometem os erros de abordagem mais comuns. Como, por exemplo, começar a conversa com uma cantada idiota, do tipo: *"Nossa... O que é que esse bombom está fazendo fora da caixa?"* ou então: *"Você deve vender cachorro-quente, porque com certeza sabe deixar uma salsicha no ponto..."*. É, eu também mal pude acreditar quando ouvi essas coisas. E quando o sujeito está conversando com uma garota, mas fica comendo com os olhos todas as outras que passam por ele? Existe um modo mais eficiente de queimar o filme com uma mulher?

No entanto, o maior erro que um homem pode cometer em um bar é *achar*. Achar que a mulher quer conversar com ele, achar que ela irá para casa com ele, achar que pode beijá-la sem que ela lhe dê permissão.

Quem *acha* vive se perdendo, não é?

Você deve estar se perguntando: "Quem esse cara pensa que é para falar essas coisas?"

Bem, é melhor mostrar o meu diploma. Sou graduado em finanças e em linguagem das mulheres — e com histórico acadêmico impecável. Eu domino a arte de entender o que uma mulher quer... e de dar à mulher o que ela quer. Meu conhecimento nessa área é enciclopédico. Tenho grande fluência na leitura da linguagem corporal feminina, dos sinais e seus gestos.

Vou dar um exemplo do momento.

Charlotte está digitando no teclado de seu laptop, mordendo o canto do lábio inferior, o que indica que ela está concentrada. Tradução: *estou a mil aqui, então não me amole ou vai se arrepender.*

Eu estou exagerando um pouco, pois ela não seria realmente capaz de sair do sério por um motivo desses. Mas o fato é que Charlotte está enviando vibrações claras e o significado dessas vibrações é: "Não Perturbe".

O sujeito bigodudo, porém, é analfabeto em termos de mulher. Está perambulando perto do balcão, preparando-se para dar a cartada. Ele pensa que tem chance com Charlotte.

Do lugar onde estou, lavando copos, quase posso ouvi-lo limpando a garganta e se aprontando para abordar Charlotte.

Não é nada difícil entender por que a minha melhor amiga chamou a atenção do cara. Charlotte é simplesmente maravilhosa, uma deusa da mais alta estirpe. Para começar, ela tem cabelos loiros ondulados e intensos olhos castanhos. A maioria das loiras tem olhos azuis e Charlotte, dona de uma beleza que inverte esse padrão, torna-se muito especial e absolutamente sedutora. Os homens chegam a esquecer o próprio nome ao se depararem com ela.

Como se isso não bastasse, ela tem um fantástico senso de humor, um sarcasmo envolvente.

E tem mais: ela é brilhante.

Mas o Bigodudo não conhece essas suas duas últimas características. Ele só sabe que Charlotte é linda e vai até ela para tentar a sorte. Bigodudo tropeça em uma banqueta e abre um grande sorriso forçado. Charlotte reage com surpresa, incomodada porque o sujeito invadiu seu espaço de trabalho.

Charlotte sabe muito bem como cuidar de si mesma. Mas nós temos um pacto antigo, que colocamos em prática sempre que trabalhamos juntos no bar. Se um dos dois precisar de um falso namoro para se safar elegantemente de uma situação desagradável, o outro deve se aproximar e desempenhar seu papel.

Temos esse trato desde os tempos de faculdade e ele funciona que é uma beleza.

Funciona ainda melhor porque Charlotte e eu jamais teríamos um relacionamento amoroso. Eu preciso muito da amizade dela e, a julgar pelo número de vezes que ela riu comigo ou chorou no meu ombro, ela também precisa de mim como amigo. Nosso acordo é brilhante também por esse motivo: nós sabemos que nunca seremos mais do que amigos.

Saio de trás do balcão e caminho na direção de Charlotte. Alcanço-a bem no momento em que o Bigodudo lhe estende a mão, apresenta-se e pergunta seu nome.

Apareço de repente e ponho a mão nas costas dela, como se ela fosse minha. Como se eu fosse o único que pudesse tocar o corpo dela, correr os dedos pelos seus cabelos e olhar bem em seus olhos. Inclino a cabeça e o encaro com um sorriso bobo de satisfação no rosto, porque sou eu o único filho da mãe sortudo que vai para casa com ela.

— O nome da minha noiva é Charlotte. Muito prazer, eu sou Spencer — digo e estendo a mão para cumprimentá-lo.

O cara enruga o nariz como um coelho, notando mais uma bola fora que dá nesta noite.

— Tenham uma boa noite — ele balbucia e desaparece num piscar de olhos.

Charlotte olha para mim e balança a cabeça em sinal de aprovação.

— Hum, nada mau... Capitão Noivão veio em meu resgate — ela brinca, correndo a mão pelo meu braço e apertando meu bíceps. — Eu nem vi aquele cara se aproximando.

— É por isso que você pode contar comigo. Nada escapa aos meus olhos, são como radares — eu digo enquanto tranco a porta de entrada. O bar está vazio agora. Restamos só nós dois, como acontece tantas noites na hora de encerrar as atividades.

— E geralmente esses radares estão ocupados em busca de mulheres disponíveis — ela retruca, lançando-me um olhar do tipo: *"Eu conheço você muito bem"*.

— Bem, o que posso fazer? Eu gosto de manter meus olhos em forma, assim como o resto de mim — eu digo, passando a mão em meu abdome liso e sarado.

Vejo Charlotte bocejar.

— Vá dormir, já é tarde.

— É o que você deveria fazer também. Oh, não, espere aí. Você provavelmente tem um encontro, não é?

Não seria mesmo nenhuma novidade. Eu quase sempre tenho um encontro.

No início deste mês, eu conheci uma garota muito gata na academia. Ela estava malhando forte, mas malhou ainda mais forte comigo depois, quando eu a coloquei de quatro no sofá do meu apartamento. No dia seguinte, ela me mandou uma mensagem de texto, contando-me que suas coxas estavam doendo e que estava adorando a sensação. Pediu-me que a visitasse quando fosse a Los Angeles, porque queria repetir a dose.

Claro que ela queria. Depois que você prova filé-mignon, fica difícil voltar a carne de segunda.

Salvei o número dela na minha agenda. Nunca se sabe, não é? Dois adultos podem perfeitamente se divertir a noite inteira e se despedir pela manhã, dando pulos de alegria pelos orgasmos múltiplos alcançados.

É assim que deve ser. A primeira regra de uma transa é esta: sempre dê prazer à mulher primeiro e, de preferência, repita a dose antes de pensar em receber. As duas regras seguintes são igualmente simples — não se apegue e nunca, jamais, seja um idiota. Eu sigo as minhas próprias regras e elas me dão uma vida boa. Tenho 28 anos, sou solteiro, rico e bem bonito. E sou um cavalheiro. Por que será que não me surpreendo quando consigo uma transa?

Esta noite, porém, meu pênis está fora de funcionamento. Vou dormir mais cedo.

Balanço a cabeça numa negativa em resposta à pergunta de Charlotte e começo novamente a limpar os balcões.

— Que nada. Tenho uma reunião às sete e meia da manhã com meu pai e um cara para quem ele está tentando vender a loja. Preciso estar descansado e causar uma boa impressão.

Ela apontou a porta de saída.

— Ande, vá aproveitar o seu sono de beleza, Spencer. Eu fecho tudo por aqui.

— Nada disso. Estou substituindo a Jenny. Você é quem vai pra casa. Vou pedir um táxi para levá-la.

— Eu moro em Nova York há cinco anos, está lembrado? Sei como pedir um táxi tarde da noite.

— Sei o quanto você preza a sua independência, mas não adianta: vou mandá-la para casa. Você pode fazer em seu apartamento o trabalho que está fazendo aqui. — Atiro o pano de limpeza na pia. — Mas você não está preocupada com Bradley Dipstick? E se ele estiver plantado na portaria do seu prédio, esperando para lhe dar flores a essa hora da noite?

— Não. Ele geralmente arma essas emboscadas para pedir desculpas durante o dia. Ontem mesmo me enviou um urso de pelúcia gigante, segurando um coração de seda vermelho com a estampa: *"Por favor, me perdoe"*. Que diabos eu faço com uma coisa dessas?

— Mande de volta para ele. No escritório. Escreva no coração um NÃO bem grande com batom. — O ex-namorado de Charlotte é um babaca de carteirinha, um completo bobalhão. Ela jamais voltará para esse idiota.

— Espere — eu digo, levantando uma mão. — Será que esse urso de pelúcia tem um dedo médio separado na pata?

Ela ri.

— Sabe que essa é uma ótima ideia, Spencer? Eu só não queria que o prédio inteiro ficasse sabendo da minha vida.

— Eu sei. Espero que você nunca mais precise topar com ele por aí...

Eu peço um táxi, dou um beijo na bochecha dela e a mando para casa. Depois de fechar o estabelecimento, vou para o meu apê em West Village — no sexto andar de um prédio espetacular, com um terraço com vista para o sul de Manhattan. Perfeito em uma noite de junho como esta.

Jogo minhas chaves no aparador que fica no corredor de entrada e verifico as mensagens recentes em meu celular. Dou risada quando vejo que minha irmã, Harper, enviou-me uma foto veiculada algumas semanas atrás em uma revista popular; nela, eu apareço na companhia daquela gostosa da academia. Acontece que a mulher é uma aspirante a celebridade, conhecida por participar de um *reality show* na televisão. E eu sou *"o famoso playboy da cidade de Nova York"* segundo a legenda da fotografia — a revista já havia me descrito da mesma maneira quando fui visto com uma outra deliciosa beldade, uma nova *chef* de cozinha de um restaurante inaugurado em Miami no último mês.

Hoje à noite, contudo, eu vou me comportar como um bom garoto.

Já para amanhã, não posso prometer nada.

LAUREN BLAKELY vive na Califórnia com sua família e teve a inspiração para cada uma de suas histórias enquanto passeava com seus cachorros. É reconhecida pelo seu estilo de romance contemporâneo: quente, romântico e divertido. Com catorze *best-sellers*, seus títulos aparecem no topo das listas do *The New York Times* e do *USA Today* e já venderam mais de 1,5 milhão de exemplares. O próximo lançamento no Brasil será *Mister O*, também pela Faro Editorial. Ambos inovam ao contar uma história romântica do ponto de vista masculino.

**ASSINE NOSSA NEWSLETTER E RECEBA
INFORMAÇÕES DE TODOS OS LANÇAMENTOS**

www.faroeditorial.com.br